新潮文庫

伯爵と成金

—帝都マユズミ探偵研究所—

堀川アサコ著

新潮社版

11513

CONTENTS

伯爵と成金

帝都マユズミ探偵研究所

NOBLEMAN AND THE NOUVEAU RICHE

BY

ASAKO HORIKAWA

第一話

むざんの事なり

パ・ア・ン。

ピストルは、他愛《たわい》のない音をたてた。

弾丸の軌道が見えた気がした。

その短い果てに、あの男が居た。憎い、憎い、あの男が居た。

あの男に出来たのは、ひだのように脂《あぶら》のついた醜い顔に、意外そうな表情を浮かべることだけだった。驚愕《きょうがく》でも恐怖でもなく、ただ意外そうな顔。

弾丸が心臓に命中したのがわかった。あの男が椅子《いす》の背もたれにまるで縫い付けられたかのようにくっつき、それから前のめりに倒れた。

その瞬間、後悔が胸をよぎる。

即死とは、馬鹿《ばか》なことをしたのではないか？　もっと苦しませるべきではなかったか？

鮮血が――汚らしいあの男の血が、四方八方に飛び散る。

椅子の車輪が動いて、背後に置いてあるブロンズの像が視界に入った。

一尺あまりの、気味の悪い蛇女の置物だ。

黒光りする金属の肌にも、あの男の血が飛沫《しぶき》になって掛かっている。

足音がした。だれかがピストルの音に気付いたのだろう。

こうしてはいられない。捕まるわけにはいかない。

悪魔のような男を始末したからといって、むざむざ罪人となるのでは間尺に合わぬ。

これは成敗である。決して、殺人ではないのだ。

1

昭和六年、盛夏。

銀座に名だたるサハラ劇場と、東京市内に十一軒のカフェーを経営する牧野求助《まきのきゆうすけ》が、自宅書斎において射殺体で見つかったのは、十日余りも前のことである。

ピストルで撃たれた。それだけでも異常なのに、求助の顔は赤ペンキで無造作に塗られていた。

この暑さの中、検死が済み司法解剖が済んだころには、遺体はもうすっかり傷《いた》んでいたのだろう。そそくさと荼毘《だび》にふされて、今は骨になって祭壇の前に置かれている。兄にどうしてもと乞《こ》われて、いやいや牧野家の敷居をまたいだ心太郎《しんたろう》には、そのあたりの経緯はわからない。別に、わかりたいとも思わない。

業突《ごうつ》く張《ば》りの悪党も、情けない仕儀となったものだ。

もはや、法律違反すれすれの阿漕《あこぎ》な商売も、女給たちを人とも思わない非道なカフェーの経営も、あの男の手から遠く離れてしまった。

心太郎は、父が最期《さいご》に腰かけていたという革張りの椅子に座り、ぐるりと座面を回す。アロハの胸ポケットからチェリーを取り出すと、マッチで火を点《つ》けて深く吸い込んだ。

煙が左目を刺し、ちくりと頬をゆがめる。端正な顔に小狡《こずる》い性根が浮かび、しかしそれはシネマのフィルムについたゴミのように、一瞬で消えた。マッチの燃えさしは、机の上に置かれた南部鉄器の武骨な灰皿に放り投げた。

「あーあ」

わざと、声に出してみる。

求助が亡《な》くなった書斎は、今ではすっかり血の痕《あと》も片付けられて、何事もなかったかのように取り澄ましていた。ここは子どものころは――否《いな》、求助が生きていた時分はずっと、出入りを禁じられていた。

小さな質屋から身を起した求助は、殊更《ことさら》に虚飾にしがみついた。読みもしない重たげな本を並べたこの書斎は、舶来の背広、売れっ子の芸者と同等の、求助の戦利品だった。

ゆえに、不出来な息子が自由に入れる場所ではない。分限者《ぶげんしゃ》の住まいにはそうした部屋があることに、求助は随分と憧《あこが》れていた。この書斎のことを、滑稽《こっけい》なほど得意がっていたものだ。

　それにしても、殺人現場である。

　使用人たちの話によれば、事件のときは血の海であったとか。それをいとも素早く元どおりにしてみせたのは、全《すべ》て次兄、徹《とおる》の采配《さいはい》だ。葬儀も警察の捜査への対応も戸主の死にともなう煩雑《はんざつ》な事務手続きも、徹は父の代わりに会社を切り盛りしながら、楽々とこなしているそうだ。

　長兄の名は、晃《あきら》。次兄が徹で、心太郎は末っ子の三男だ。

　晃は六歳で死んだ。

　晃が病死した同じ日に、心太郎が生まれた。

　晃と徹は若くに亡くなった母の連れ子で、心太郎だけが父の実子だった。

　だから、心太郎と名付けられた。

　品行方正な兄に比べて、心太郎は不肖の子だ。二年前に勘当され、元よりロクに寄り付きもしなかった家なので、せいせいして飛び出した。このたびは、それ以来の帰宅である。

「心太郎、おまえまだこんなところに居たのか」

徹の声がして振り返った。

色白の顔に丸眼鏡の、いかにも柔和そうな男だ。この優し気な物腰で、扱い辛《づら》かった父のことも、上手に手玉にとってきた。社長だった父よりも、兄の方が部下たちの人望が篤《あつ》いと聞く。

「早く飯を食べろよ。おまえが来るから、牛鍋《ぎゅうなべ》の用意をしといたんだから」

「葬式だってのになまぐさかい？」

心太郎が云《い》うと、眼鏡の奥の目が細くなった。記憶の底にある母親によく似た目だ。

「せっかく、おまえが帰って来てくれたんだもの」

父は自分の血が流れているというだけで心太郎を甘やかしたが、それがいけなかった。成長するにつれて、わがまま坊主《ぼうず》が問題児になり、とうとう手のつけられない不良になってしまった。そんな馬鹿息子に堪忍袋《かんにんぶくろ》の緒が切れて父が勘当を云い渡した後も、兄は何かと庇《かば》ってくれた。その思いやりに、心太郎は一度も報いたことがない。

「喪服を用意しておいたから、食べたら着替えるんだよ」

「わかったよ」

短く答えて、徹の後ろに従った。

ドアを閉めるとき、どうして振り返ったのか、心太郎にはわからない。

「…………」

求助の机の向こう、飾り棚の上に置かれた像が、こちらを見ていた。一尺あまりの女神の像である。女の上半身に、蛇の胴体がついて、とぐろをまいている。

それは、父、求助の守り神だった。質屋の小商いをしていたころ、客がこの気味の悪い像を持ち込んで、わずかばかりの金を借りていった。借金は返されることなく、二束三文の質草は客の手に戻ることはなかった。元より値がつくような代物《しろもの》にも見えない。蔵の隅にうっちゃっておいた。

それから求助は、神懸かりのような幸運に恵まれたのである。零細な質屋はまたたく間にビルディングとなり、求助は劇場とカフェーを経営するようになった。心太郎が物心ついたとき、父はすでに金満家の仲間入りをしていた。

――こいつのおかげだ。

そう云うとき、父は自慢げだった。心太郎は反抗的な子どもだったが、この女神像だけは、父の云うとおりのものだと感じてきた。この世の外からもたらされた、人間の心が通用しない相手だ、と。

魔物との取引きは、算術と同じだ。足し引き、ゼロ。

こいつは父に栄華を与えた後で、命を奪った。

そう思って再び見やったとき、光の具合だろうか、ブロンズの女神が嗤《わら》ったように見えた。

＊

屋敷はぐるりと鯨幕に囲まれ、会葬者は喪服の襟に汗じみを作っている。

襖《ふすま》を取り払った広い座敷に三人の僧侶《そうりょ》の読経《どきょう》が響き渡り、外から聞こえる大音量の蝉《せみ》の声と不思議と和した。

故人の死にざまが異様だったこともある。葬儀の場は、不自然な緊張感に包まれていた。微風すら吹かぬ中で焼香の煙がもうもうと漂い、熱気は寒天で固めたように動かない。居並ぶ会葬者たちは咳《せき》一つするのもはばかられ、粛然と頭《こうべ》を垂れている。

けれど、その沈黙の結界は、だしぬけに破られた。

「お――お――お――お待ちくださいませ――困りますよ、あの――」

下足番と手伝いの女たちの慌《あわ》てふためく声がしたかと思うと、平服の男たちが乱入して来た。

葬儀の一同は、まるで稽古でもしていたかのように同時に顔を上げ、同時に振り返る。

それは狼藉者《ろうぜきもの》たちを束《つか》の間《ま》たじろがせたが、足を止めるまでには至らなかった。

彼らは、唖然《あぜん》とする会葬者たちの間を縫って、親族の居並ぶ祭壇の前まで来る。

経を唱える僧侶は、立ち上がって色をなした。

「葬儀の場です。無礼ではないか」

「その仏さんのために、こうして働いているものでね」

先頭に居た年かさの中年男が、胴間《どうま》声《ごえ》で怒鳴った。開襟《かいきん》シャツのポケットから黒い手帳を取り出して、ひどく居丈高な態度でぐるりと振りかざしてみせる。

「大井警察署だ。牧野求助氏殺害の容疑者を逮捕する」

その声を合図に、平服の男たちは心太郎を取り囲んだ。

庇おうとする徹が、払いのけられて畳の上に打ち倒された。そこで初めて、女たちの悲鳴がほとばしり、男たちが抗議の声を上げた。

警察といえども、横暴だぞ。だれの葬儀かわかっているのか。ここに集まっているわれわれの中には、あんたらの上役と昵懇《じっこん》の者も居るのだぞ――。

私服の警察官たちは、全ての声を無視して、抗《あらが》う心太郎をいともたやすく連行した。

後ろ手に縛《いまし》められ乱暴に背中を押されながら、心太郎は自分を庇う会葬者たちの目が、実は好奇心と小気味よさで光っているのを見た。

2

その日の取り調べが終わって留置場の雑居房に放り込まれたときは、心太郎は血だらけあざだらけで、優男の人相も無残に変わり果てていた。

徹が急いでよこした着替えは自分の物だったらしく、ズボンの丈が足りずにつんつるてんだ。生地だけは一流のそのズボンと白い開襟シャツは、殴られ蹴《け》られした血に染まって、もはや洗濯しても兄には返せまい。

葬儀の場に乗り込んで来て警察手帳を振りかざして見せたのは横山警部補という人物で、心太郎を虫けらのように扱いながら、容疑について説いた。

牧野求助を殺したのは、心太郎である。

求助の殺害事件当時、牧野家から逃げて行く心太郎を見た者が居たのだと、警部補は云った。心太郎は身に覚えがないと申し開きをしたものの、嘘《うそ》と決めつけられた。その時分、同棲《どうせい》している女の留守宅に一人で居た心太郎には、アリバイがなかった。

「父親殺しの動機は、日ごろからの確執に加え、金の無心を断られたせいなんだろう」

「だれが金の無心など、するかよ」

心太郎は、憤慨した。不良の矜持《きょうじ》だ。殺人容疑よりも、親のすねかじり呼ばわりされたことの方が、よけいに腹が立った。

「凶器のピストルは、どこにやった？　顔を赤く塗った目的は、何だ？」

「おれは親父《おやじ》を殺していないし、この二年の間、家には近付いたこともない」

そう答えると、死ぬかと思うほど殴られた。

たまらなくなって床にうずくまったところで、それまで口を開かずに居た若い刑事に、みぞおちを蹴られて失神した。目覚めると、また同じことを訊《き》かれ、同じ返答をするともっと狂暴なやつが来て、もっと手ひどくやられた。

「明日はこんな程度のことではすまないぞ」

一等狂暴なやつが、留置場に引きずられて行く心太郎の背中に向かって、怖い声で云った。

警察に連行されたのはこれが初めてではない。その折りとて、丁重な扱いを受けたわけではないが、命を危ぶむほどの拷問《ごうもん》を受けた経験は、もちろんなかった。殺人の容疑とは、かくも恐ろしいものなのかと思うにつけても、どうしてその容疑が自分に向いてしまったのかがわからない。

(現場でおれを見ただと？　そんな嘘、いったい誰が云いやがった)

明日もこんな取り調べが続くなら、一日が終わる前に死んでしまうかもしれない。

恐怖と鬱憤《うっぷん》と絶望に加え、自棄《やけ》っぱちの変な可笑《おか》しさが込み上げてきて、しかし出来るのは身をよじらせることだけだった。これじゃあ、まるで死にかけた芋虫じゃないか。

そんなことを考えていたら、房の暗がりに三々五々に居た中の一人が、こっそりと四《よ》つん這《ば》いになって近付いて来た。

「やっぱりだ、おまえさん――いや、あなたは心太郎坊《ぼっ》ちゃんだね」

蛍光灯の白い光を背にしたそいつを、心太郎は目をすがめて見上げた。猿みたいに皺《しわ》だらけの、年かさの男が熱心な目付きで心太郎を見つめている。

「いやあ、派手にやられなすったもんだ。坊ちゃん、大丈夫かね？」

「……」

だれなのか思い出す前に、随分と老《ふ》けたと思った。前はもっとすばしっこそうな顔立ちだった。それからようやく相手の名前が浮かんでくる。

「林蔵《りんぞう》」

以前、牧野家で下働きをしていた男だ。祖父の代——つまり質屋だったころからの使用人だから、牧野家とは縁が浅くない。それなのに、いつの間にやら居なくなっていた。

「今は——」

何をしているのかと訊こうとしたが、口の中が切れているせいで、痛くて言葉につまった。

「あなた、いったい何をしなすったんだよ」

「人殺し」

捨て鉢になって答えた。林蔵は「うへえ」と云って、のけぞる。

「やっちゃいないよ。疑いを掛けられたんだよ。おかげで、こっちがここで殺されるぜ」

「で、誰を殺した——ことになってるんで？」

「親父だよ」

林蔵はまた「うへえ」と云った。

「あの事件は、心太郎さんが犯人だったのかい？」

「そんなわけがあるかよ。だれかが、おれをハメやがったんだ」

込み上げるのは、デタラメな密告者への怒りである。

「旦那《だんな》さんは、敵が多い人だったからね。心太郎さんも、そうなんじゃありませんか？」

そう云われて、喧嘩《けんか》相手や恋敵など、何人かの顔がすぐに浮かんだ。匿名《とくめい》の通報とは、いかにもあの連中のしそうなことにも思える。

「こういうとき役に立つヤツを知っていますよ。ここから出られたら、麻布《あざぶ》の笄町《こうがいちょう》にあるマユズミ探偵研究所ってところにお行きなさい。凄腕《すごうで》の探偵らしいから、心太郎さんの罪が濡《ぬ》れ衣《ぎぬ》ならば、きっと晴らしてくれますよ」

「マユズミ、探偵、研究所？　そういうのは、法外な金がかかるんだろう？」

「牧野商会の御曹司《おんぞうし》が、何をみみっちいことを云ってるんですか」

林蔵は心太郎の懐具合《ふところぐあい》を察したのか、無遠慮に嘲笑《ちょうしょう》した。

「その黛《まゆずみ》って探偵は、華族さまでね。あの連中ときたら金儲《かねもう》けには、とんと無頓着《むとんちゃく》なんですよ。おあしがないと云ってごらんなさい。きっと割引きしてくれまさあ」

「へえ」

心太郎がたまにバーテンとして働く酒場にも、そういうタイプの閑人《ひまじん》はやってくる。確かに、あの手合いは事業も財産も世のため人のために使うものと、本気で思っているらしい。社会貢献とか、文化振興とか、慈善事業とか、平民にはなかなか思いつかないことに金を湯水のように使って、良心の呵責《かしやく》もないらしい。

「良心の呵責って、心太郎さん、そいつは良いことなんだから呵責もありますまい」

「だけど、ここから出る前に、きっと刑事たちに殺されちまう」

容疑者が取り調べの拷問で命を落としたという話は、今の心太郎が属している小悪党たちの社会では耳新しいことではない。

「きっと徹さんが、裏から手を回して金の力で助けてくださいますよ。あの人は正義感がお強いから」

林蔵も矛盾したことを云う。続けて「それにしても、人殺しとは」と嘆息した。

電球の灯りが全体を照らすには至らない雑居房のうす暗がりの中、ほかの留置人たちの身じろぎの気配がする。彼らはめいめい勝手に寝そべっていたが、皆が一様にこちらに聞き耳を立てているのがわかった。犯罪の容疑者として連行された連中も、殺人の話とくれば悪趣味な興味も湧《わ》くというものだ。

「ところで、牧野のお屋敷には、あの気味の悪い像はまだあるんですかね？」

林蔵は話題を変えた。父の書斎にある、蛇体の女神像のことだとすぐにわかった。

「旦那さんは、あれを手に入れてから、本当に運が向いてきた。あれよあれよという間に、大社長さまに成り上がってさあ。悪運が強いとは、あのことさ。無茶な勝負をして、ことごとく成功してきたんだから。わたしはね、全部あの像のご利益《りやく》だと思っているんですよ。旦那さんもそう考えて、あの像を拝んでいなさったものだ。

だけど、心太郎さん、ありゃあよくないよ。神さまってのは、元来がケチくさいもんなんだ。いくら拝んだところで、知らん顔してなさるもんなんだ。ご利益を大盤振る舞いしてくれるのは、それより大きなものを取り上げるためなのさ。だから、ご覧なさい。最後は命まで取られてしまったじゃありませんか」

心太郎は黙った。だだっ広くうす暗い家の中に、じっとりと不気味な気配を感じながら育った身では、こんな世迷《よま》い言《ごと》にも真実味を覚える。

「牧野家の御曹司であるあなたに云うのも、どうかと思うけどね。あの家は呪《のろ》われているんだよ。旦那さんは随分と罰当《ばちあ》たりな商売をしてきたが、そもそもその前から――」

林蔵は意味ありげな横目で心太郎を見て、それから身震いの真似《まね》をした。

「旦那さんは、あんたの兄さんを殺したんだよ」

林蔵はことさら声をひそめて云ったが、それはかえって鼓膜に刺さった。

「見たのはわたしだけ。でも、大奥さんに口止めされてましたからね。それに、わたしが旦那さんの罪をばらしたからといって、不幸な人が増えるだけだった。そうですよ、本当のことを知ったら、奥さんだってその場で死んでしまったでしょう」

「どういうことだ？」

心太郎は半信半疑のまま、先を促す。林蔵は咳払いをして、言葉を探すように、皺に埋まった目玉を暗い天井に向けた。

「あなたが生まれるからと、奥さんが実家に帰っていたときのことです」

当時、牧野家はまだ下町の小さな質屋だった。求助の両親も存命だったが、老父は中風で寝たきりで、老母と若い女中が世話をしていた。

晩秋の寒い夜で、林蔵は蔵から火鉢を運んでいた。

居間には、求助と六歳になる長男の晃が居た。幼かった徹は、もう寝入っていた。

求助は、ようやく自分の子が生まれるということで、ずっと気持ちを高ぶらせていた。陽気だったわけではなく、ひどく浮かれたと思ったはしから、癇癪《かんしゃく》を起す。つまらないことで八つ当たりをして、その矛先は長男の晃に向いた。

そもそも、求助は晃に冷淡だった。彼は女房に惚《ほ》れ切っていたが、その分だけほかの男が産ませた子を憎んだ。同じ連れ子でも、次男の徹は幼かったし、求助によくなつく。しかし、晃は継父《ままちち》の悪感情を読んで、うまく立ち回らねばと必死になった。それが、求助の目には小賢《こざか》しく映り、ますます忌々《いまいま》しくなる。

「奥さんと生まれてくるあなたを案じるにつけ、晃さんのことが敵みたいに思えたんでしょうねえ。奥さんが実家に行ってからというもの、旦那さんは晃さんを苛《いじ》め抜いていました」

林蔵は重い火鉢を両手で抱えつつも、耳を押さえたい衝動をこらえていた。求助の裏返った怒鳴り声と、竹の物差しで柔らかいものを打つ音が高く響いている。晃を折檻《せっかん》しているのである。

晃は泣きながら、懸命に許しを乞うていた。が、許すもなにもない。初手からただの癇癪だから、道理も何もないのである。謝る理由がないのだから、ひたすら「ごめんなさい」と云うよりない。

「許してください。ごめんなさい。堪忍してください」

「なんだ、その気持ちのこもらない、いい加減な云いぐさは。謝れば済むと思っている、その腐った性根を、叩《たた》きのめしてやる」

ひときわ大きく、鈍い音が響いた。

晃は今まで聞いたことのない異様な絶叫を発し、つぎの瞬間には一切の音が消えた。泣き声も、晃を床や建具に叩きつける惨《むご》い音も、求助の喚《わめ》き声すら聞こえなくなった。

林蔵は、背筋に寒いものを感じた。

持っていた火鉢の重さすら忘れて——実際にそれを投げ捨てて、灰がもうもうと上がる中を駆けつけた。

そこには目を開けたまま人形のように仰臥《ぎょうが》する晃と、色を失って立ち尽くす求助が居た。

晃の頭部からどす黒い血が流れて、みるみるうちに畳に広がって行く。

すぐ後ろの茶簞笥《ちゃだんす》の角に、血と子どもの柔らかい髪の毛、そして皮膚片がこびり付いていた。故意にか、事故なのか、そこに打ち付けられて絶命したのだろう。

事故だろうが、過失だろうが、人殺しだ。晃が、とうとう殺されてしまった。驚愕の中で、林蔵の胸にはその言葉が繰り返し回り続ける。

「ち、ちがうんだ。おれは悪くないんだ」

求助は痙攣《けいれん》の発作を起こしたようにわななき、着物の下には水が溜《た》まり出す。失禁したのだ。引きつる呼吸の中に、鼠《ねずみ》の鳴き声に似た喘鳴《ぜんめい》が混じっていた。あるいは、それは嗚咽《おえつ》だったのかもしれないが、晃に詫《わ》びる涙ではあるまい。わが身可愛《かわい》さの涙だ。

「ちがう、ちがう。勝手に死んだのだ。晃は病気で、突然に死んだのだ」

求助は、辻褄《つじつま》の合わない嘘を切れ切れに並べた。

「と——ともかく、浜中先生を——」

「やめろォ！」

医者を呼びに行こうとする林蔵を、求助がしがみついて止めた。

「やめてくれ。いやだ、捕まるのはいやだ。警察はいやだ。おれは悪くないんだ。晃が反抗するから悪いのだ。こいつは、勝手に死んだのだ」

がたがたと障子が開くと、求助の母が廊下の暗がりに立っていた。

「当時のお医者というのは、いい加減なものでしたよ。大奥さんが先生のところに行って、孫が熱が続いて死んだと云ったら、診もしないで診断書を書いてしまったんですから。旦那さんと大奥さんが口裏を合わせて、わたしに口止めしました。女中のことは、騙《だま》しおおせたみたいです。もちろん、奥さんもね」

出産のために実家に居た母には、医者に告げたと同じく、晃は急な病気で死んでしまったと云った。心太郎は無事に生まれてきた。しかし長男を亡くした悲嘆は癒《い》えることなく、母はそれからほどなく亡くなった。

母に対する父の愛情はひとかたならぬものだったようで、再婚はしなかった。母の代わりにわが子を溺愛《できあい》して、心太郎は不良に育った。

父は連れ子の事件を忘れようと努めつつ、母の死も心太郎の不出来さも、すべて晃のせいだと思い込んでいた。理屈などなく、ただそう思い込んでいた。被害者に罪を着せるのは、罪悪感を忘れる手っ取り早い方法だった。

「晃さんが、浮かばれませんよ」

「晃兄は――病気で死んだと、聞いてたぞ」

心太郎は愕然と云った。真新しい傷の痛みなど、もう何も感じない。その話が本当ならば――本当ならば――。壊れたレコードのように、胸中に繰り返した。そして、われに返って、おろおろと手をもたげ、汗と血でぬめる首筋を掻《か》いた。

本当でないのなら、林蔵がわざわざこんな話を聞かせるはずもない。

「質屋にあの蛇の女神像が持ち込まれたのは、それから間もなくのことでしたよ。こうして旦那さんが殺されてしまった今となっては、わたしはますますあいつが気味悪い。わたしには、あの像が旦那さんを弄《もてあそ》んだあげくに、命を奪ったような気がしてならないんだ。あの像が罰を当てに来たような気がしてならないんだ」

心太郎は黙り込んだ。狸寝入《たぬきねい》りを決め込んでいたほかの留置人たちも、今では遠慮もなく起き上がって林蔵の話に聞き入っていた。

3

翌日になって心太郎は、警察署から解き放たれた。

林蔵の予言どおり、兄の徹が金で解決してくれたらしい。保釈だから無罪放免とはいかないのだと、迎えに来た徹に釘《くぎ》を刺された。

「それにしても、ひどい目に遭ったなあ」

徹は痛めつけられた弟を、心配そうに見た。

一方の心太郎は、あの恐ろしい取り調べから思いがけずに救い出されて、やけに楽観的になっていた。その半面、昨夜聞いた長兄の最期のことを思い出さずにはいられない。それがすぐに口をついてしまうのは、末っ子ゆえの甘えだろうか。林蔵がしゃべったとおりのことを兄に告げてしまった。

じっと聞いていた徹は、困ったような顔をして、心太郎から目を逸《そ》らした。

「そんなこと、おまえもとっくに知っていただろう」

「はあ？」

心太郎はわけがわからず、眉《まゆ》をひそめて兄の顔を見た。

＊

逸子《いっこ》のアパートに寄って着替えを済ませてから、麻布に向かった。林蔵に勧められた、探偵研究所なるところに行くためである。

笄町とだけ聞いていたので、八百屋の店先で床几《しょうぎ》に腰かけている爺《じい》さんに訊いてみた。

「黛の若殿さまかい。もちろん、知っているさ」

道順を訊いただけなのに、爺さんはその若殿さまについて、ひとくさり話し出した。

くだんの研究所の所長という人物は、河村藩主の末裔《まつえい》、黛邇伯爵《ちかしはくしゃく》の次男で、黛望《のぞみ》という。まだたいそう若くて惚れ惚れするような好男子なのだと、爺さんは云った。

「あんたも、大概、優男だけどねえ」

好男子と優男では、似たような意味でも随分と扱いが違うなあと、心太郎は拗《す》ねた。

「京都から来た公家《くげ》の連中は、華族さまといったって貧乏なんだとさ。だけど、華族なんてのは見栄《みえ》も張んなきゃいけないだろう、だから華族になりませんって返上する連中も居るんだってよ。もったいないよねえ。そこゆくと、黛の殿さまは大名華族だから大金持ちだ。だから、金に対して鷹揚《おうよう》なのさ。探偵研究所なんて、子どもの遊びみたいなものに大枚はたいちゃって、ありゃあ儲かってないねえ、赤字に決まってる」

爺さんに馬鹿にされたマユズミ探偵研究所なるものは、看板も何もない西洋館だった。

さして大きくはないが、煉瓦《れんが》造りの美しい建物である。建物の真正面に随分と立派な煙突があり、石造りの塀がぐるりと取り囲んでいる。敷地は家屋よりも庭の方が広く、さりとて芝生が植わっているだけで、車寄せのかたわらに大きな棕櫚《しゅろ》の木が一本だけ伸びていた。

林蔵の云いぐさと八百屋の爺さんの話には共通点があったが、果たしてここが本当にその気前のいい探偵の家なのか。さりとて、ここまで来てただ西洋館を眺めて帰るのも馬鹿馬鹿しく思えたので、玄関のノッカーを叩いた。

「どちらさまですか」

現れたのは太《ふと》り肉《じし》の中年女性で、黒い簡素なワンピースを着ていた。家政婦だろうと思った。探偵の力を借りに来たと告げると、家政婦は「あらあら」と気の毒そうに眉毛を下げた。

「あいにくと、先生は外出していらっしゃいます」

ならば出直す。落胆と多少の腹立たしさとともにそう云ったが、太った家政婦は「それには及びません」と得意げな顔をした。

「どうぞ、おあがりください」

そこは探偵研究所と住まいを兼ねた邸宅だったが、何かと西洋式のようで土足のままでよいという。さすが華族は勝手がちがうと感心していると、客間に通された。

濃赤色の別珍を張ったソファを勧められる。目の前のテーブルの上に置かれた仰々しい機械に、思わず眉をひそめた。古い蠟管《ろうかん》蓄音機のようだ。

「これに、ご用件をおっしゃってください」

「え？」

たじろぐが、家政婦は気にする様子もなく慣れた手つきで蓄音機を操作した。蠟管が回り出すと「どうぞ」とにっこり笑ってみせる。商家の店先に飾られたお福人形のような笑みだ。

逆らえるような雰囲気ではなかったので、心太郎は咳払いをしつつ、口ごもりつつ、蓄音機に向かってしゃべり出した。

機械と心太郎の状態いずれも問題ないと見て取ると、家政婦は退出する。

静まり返った部屋の中で、蓄音機の出す機械音と心太郎の声だけが響いた。

十日余り前に、実家で父の牧野求助が射殺された。犯人は捕まっていないが、警察からは心太郎が容疑者と目されている。

「ぼくは犯人ではありません。ここには、容疑を晴らして欲しくて来ました」

心太郎の要求事項は単純明快だ。が、父という人物については、一言で片付けるわけにはいかなかった。すなわち、父は商売の手を広げたと同時に、せっせと敵をこしらえ続けた。あの女神像を手に入れて、ツキに恵まれだしてから、である。

口がすべって、像のこともしゃべってしまった。留置場で、林蔵に聞いた長兄の死の真相も、口をついて出た。現実は混沌《こんとん》として、何が必要な情報で何が無駄話なのか、区別がつかなかったのだ。

「以上がぼくの相談、依頼です。どうか、助けてください」

話し終えたら、いささか腹が立ってきた。ここのあるじは、客の対応もせず、機械に向かって内緒ごとを語らせるなど、ずいぶんと無礼なのではないか。

むしゃくしゃしながらチェリーに火を点けていたら、家政婦が紅茶を運んで来た。まるで立ち聞きしていたようなタイミングである。

「皆さん、だいたいお話しになる時間は似通っていらっしゃいますからね」

「ほかの人も、こういうことしているのかい？」

機械に向かって秘め事を打ち明ける人間が、皆さんというほども居ることが意外だ。そもそもこんな怪しげな探偵を頼る者が、自分のほかにも居るなんて想像できない。そんなことを考えていたら、お福人形のような家政婦が、こちらをしげしげと見ている。

「痛そうですねえ。喧嘩なさったの？　警察に捕まったの？」

同情顔で訊かれた。後の方だと答えると、お福人形は丸い頬をさらに膨らませた。

「可哀《かわい》そうに、何てひどいことをするんでしょう」

それから紅茶のおかわりと、菓子とサンドイッチを山ほどご馳走《ちそう》になり、怪我《けが》の手当までしてもらってマユズミ探偵研究所を出た。

＊

黒い蛇体の女は、心太郎を見て笑っていた。ブロンズ製の肌がむくむくと盛り上がり、ふさがっているはずの口からは声が出た。

おまえが父親を殺したのだろう。善哉《よいかな》、善哉、おまえは正義を行ったのだ。おまえを責める人間こそが悪なのだよ。これからも、おまえは神聖な仕事を続けてゆくのだ。不安がらずとも、わたくしがおまえを導いてやろう。

女神は心太郎の声でしゃべった。そのことに驚いているうちに、女神は溶解を始める。緑色の炎が後光のように立ち上り、女神の顔は歪《ゆが》み泣き喚いた。それはもはや心太郎の声ではなく、聞いたことのない少年の金切り声だった。

許してください。ごめんなさい。堪忍してください。

その腐った性根を、叩きのめしてやる。

溶けてゆきながら女神は父の声で叫ぶ。金属の体は灼熱《しゃくねつ》の気体となって、心太郎の肺《はい》腑《ふ》になだれ込んだ。

心太郎はその熱さに、胸を押さえ込んでえずいた。げえげえといくら吐いても、燃える気体は体内にとどまり、心太郎の内臓を焼く。とてつもない苦痛を覚えた。生きたまま、体の内側から焼かれてゆく苦しさ——痛さ——。

許してください。ごめんなさい。堪忍してください。

心太郎は泣き叫んだ。許してもらえるなら、何でもする。繰り返し、繰り返し誓う。

本当だな。確かに、聞いたぞ。本当だな。

念を押したその声は、だれの声だったか。

「心太郎――。心太郎――」

揺り動かされてわれに返り、自分を見下ろしている兄の顔を見た。居間に寝転んで、いつの間にか眠っていたようだ。あまりのうなされように、兄はすっかり度胆《どぎも》を抜かれている。

「おまえ、本当に大丈夫なのか」

まだ呼吸が乱れているのがきまり悪くて、口を押えてわきを向いた。

「怪我のせいで、具合が悪いんだろう。浜中先生に診てもらえよ」

「あんなやぶ医者」

思わず、吐き出すように云う。浜中というのは昔からのかかりつけ医で、林蔵の話の中にも出てきた。亡くなった長兄を診もせずに、祖母の云いなりに死亡診断書を書いたヤツだ。

「でも、おまえ――」

案じて顔を覗《のぞ》き込む徹に対して、癇癪を起しそうになったのは、父に気性が似ているからだろう。そうせずに済んだのは、障子の外から声を掛けられたからだ。

「心太郎さんに、お電話ですが――」

木綿の着物を着た若い女が、おずおずと障子を開ける。二年前、心太郎が家を追い出されたころに雇われた小間使いである。

「あの――心太郎さんにお電話で――」

「ああ、わかったよ。聞こえてるから」

「すみません」

たまにしか顔を出さない美男子の三男坊に声をかけるとあって、小間使いの娘は顔を赤らめていた。その様子が可愛らしくて、肩を叩いて礼を云う。

「ごめんよ。怒ってるんじゃないんだ。ありがとうね」

「すみません」

アパートに置き去りにしてきた恋人の顔が、頭をよぎった。電話は、逸子からだろうか。

玄関間《ま》の四畳半で、心太郎は受話器を耳に当てた。こちらから名乗りを上げる前に、しわがれた年寄りの声がする。

「心太郎坊ちゃん、わたしだよ。わたしもあなたが放免になった後で、出られたんだよ――」

「林蔵？」

心太郎は思わず眉根を寄せた。

「あのときは、場所が場所だったからしゃべりたいこともしゃべれなくてさ。もう一度会って、話したいことがあるんですよ。旦那さんを殺した犯人の目星がつくかもしれない」

「本当か」

胸の中で心臓が騒ぎ出すのがわかった。

今さっき聞いた、小間使いの「すみません」という声が、やけに耳に残っている。そういえば、晃が殺されたときも女中が居たのだった。不意に、そう思った。

＊

林蔵と待ち合わせたのは、浅草公園である。

東京市随一の歓楽街である浅草の、花屋敷と浅草寺に挟まれたこの公園は、善男善女の憩《いこ》いの場だが、不良少年や怪しげな者どもの居場所でもある。留置場なんぞに入れられていた林蔵は、善男善女の方には属さないだろう。

心太郎は雷門駅で市電を降りた。いざ行楽に遊興にと、すっかり緊張を解いた人たちが、一斉に同じ方向に歩き出す。その中に混じって、心太郎はさっきから変な胸騒ぎを覚えていた。牧野家を出た直後から、姿の見えないものに尾行されているような気がするのだ。

刑事たちに見張られているのだろうか。道理に合わないことだが心太郎は、父の書斎にあるあの女神像が、蛇体をうねらせて追って来る様子が、頭から離れない。

約束の時間より早く着いたのは、背中に感じるいやな気配から遠ざかりたかったからかもしれない。

木馬館のうしろ、林蔵と申し合わせた木陰に入ったとき、「ぱあん」という乾いた破裂音が聞こえた。子どもが爆竹で遊んでいるのかと思ったが、はしゃぐ声がするでもない。火薬の遊びにしては、破裂音は一度きりだった。

不審に思って無意識にも気配を殺して進むうち、黒い上着に黒ズボンの男が、奥にある池の方に向かって走り去るのが見えた。

大人が血相を変えて走り去るなど尋常なこととも思えず、いやな気持ちが高じる。用心して歩を進めると、林蔵の後ろ姿を認めた。しょぼくれた風采で、ベンチに腰掛けている。

「林蔵」

声を掛けたが、林蔵は返事もせず振り返ることもしない。

「おい、林蔵」

駆け寄って、肩に手を掛けた。

ぬるりとした感触を覚えたと同時に、上体が傾《かし》ぎ、くずおれた。はずみで、粘つく液体がはじけ飛ぶ。それは、心太郎の服に貼《は》り付き、頬にかかった。

血だ。林蔵は死んでいた。

心太郎の脳裏を、今しがた走り去った黒服の男のことがよぎった。あいつが殺したのだ。あの乾いた破裂音は、ピストルを撃った音だったのだ。

父の求助と同じく？

そう思ったとき、慌《あわ》ただしい気配が傍らになだれ込んで来た。

心太郎が咄嗟《とっさ》に身をかがめたとき、彼を捕えようと伸びた手が空を切った。

「お前が殺したんだな」

「現行犯だ」

背後から来た男たちが怒鳴る。

警察に尾行されていた。また濡れ衣をきせられた。

この二つのことを認識するより早く、心太郎はさっきの黒服の男と同じ方向に逃げた。

4

玉の井遊郭の近くにある、ひどくおんぼろの旅館で、心太郎はうずくまっていた。少し離れた場所で、次兄が団扇《うちわ》を使っている。

「少しは落ち着いたかい？」

心太郎は混乱していたし、不安の極にあったが、それよりもおのれが惨《みじ》めで情けなかった。

父に逆らって、男気を気取っていた。牧野家になど頼らずとも、おのれの才覚で生きていってみせると云い放って飛び出した。そうして女に養われ、あげくの果てがこのザマだ。

一方、頼られた徹は、相変わらず寛大で機転が利《き》いていた。およそ彼の生活圏内にはない場末の旅館をすぐさま見つけ出し、ここなら警察の目も届くまいと、心太郎にしばし身を隠すように云った。

「急いで来たから、手持ちはこれしかないけど――」

百円札を一枚差し出した。それから、来る途中で買い求めた着替えをよこす。前のお古とちがい、心太郎の体格にぴったりと合っていた。

「警察に行く気はないんだな」

徹は、心太郎が脱ぎ捨てた服を見て、難しい顔をしている。白いセーターは、林蔵の血でどす黒く汚れていた。

「ぼくは、心太郎を信じているよ」

兄は嘘を云っているかもしれない、と思った。取り調べで半殺しにされたばかりの弟に、警察に行けとは云えまい。

「ぼくが助けてやる。心配するんじゃないよ。あとで、まとまった金を用意するから」

そう云って手を握られたので、緊張も意地もへなへなと崩れた。徹の手にしがみついて、顔を押し付ける。思ってもいなかったが、呼吸が乱れて嗚咽になった。気がつくと「かあさん、かあさん」と云って泣いていた。

徹は辛抱強く、それこそ母親のように心太郎の頭をなでる。「心太郎が犯人なんかじゃないことを、ぼくはちゃんと知っているんだ」と、なだめるような声で繰り返した。

泣き声がやみ、呼吸が落ち着くと心太郎はようやく顔を上げた。

「満州にでも行こうと思うんだ。いや、上海《シャンハイ》あたりに住んで商売をするのもいいと思う。無実の罪で牢屋《ろうや》にもどるなんてまっぴらだ」

「そうするがいいよ。必要な金は用意するから」

徹は、念を押すように云う。

「あとで、連絡するよ。むやみに外に出たらいけないよ。ここで待っていなさい」

云い残して、兄は帰って行った。

ひとりになってしまうと、途端に疲労が襲ってきた。擦り切れた畳にまるで卒倒するみたいに転がり、次の瞬間には眠っている。

＊

「――さん、――さん」

しきりに呼ばれた。

心太郎は身を起し、ぼんやりした頭に手を当てた。

上着を着たままで寝ていたので、ポケットに入っているものが、あばらに当たって痛かった。ぶつぶつと言葉にならない不平を云いながら、手でまさぐる。

「――！」

身に覚えのない、固いものがポケットに入っていた。

取り出してみたら、手の中に銃身の短いピストルが乗っていた。

二十五口径のごく小さなものだ。

もちろん、初めて触るものだった。それどころか、初めて見るものだった。

(親父を殺したピストル――林蔵を殺したピストル。冗談じゃない。おれは、殺していない。殺した覚えなどない)

胸中に繰り返せば繰り返すほど、悪い魔法にでもかけられたかのように、二人を殺した情景が臨場感を持って心太郎の内部に湧きあがる。公園から逃げて行ったあの男が、自分自身であったような気がしてくる。

（おれが殺したのか）

あたりはもう暗くなっていた。

すりガラスの窓から、外の灯りが入って、陰気で狭い部屋を照らす。砂壁の前に鏡台が置かれていて、そこに自分のものとは思えない、憔悴《しょうすい》した顔が映っていた。

否《いな》――そこには、あれが居た。ブロンズの蛇の女神。

女神は、血なまぐさい笑みを浮かべていた。その口が動いて何かをしゃべろうとしたとき、立て付けの悪い障子が音をたてて開く。

「ちょっと、渡辺さん、呼んだら返事くらいしてくださいな」

疲れた感じの中年の中居が、廊下の暗がりに膝《ひざ》をついてこちらを見ている。渡辺というのは、宿帳に書いた偽名だ。逸子の苗字《みょうじ》である。

「ほら、電報ですよ」

「あ――ああ」

慌てて受け取ったが、その態度がよっぽど胡乱《うろん》だったのだろう、中居は逃げるようにきびすを返した。

〈コンヤ九ジハン、ギンザ、四ジゲンゲキジョウニクルコト。カネヲワタス。トオル〉

読みづらい電文が脳裏にしみいるにつれて、忘れていた安堵《あんど》が溜《た》め息《いき》となって込み上げてきた。顔を上げて、再び鏡台を見やった。

　そこには、金物の女神ではなく、血色を取り戻した自分の顔が映っていた。

*

　四次元劇場は、半年前に父求助が商売敵から買収した。求助はここを改装してナイトクラブにするつもりだったらしい。けれど、優先すべき仕事がたて込んでいて、すっかり放置していた。求助としてはナイトクラブの経営は初めてのことで、この事業に大いに入れ込み、部下や息子に任せる気はなかったらしい。官僚や政治家、高位の軍人たちの来店を当て込んで、自分も彼らの世界の仲間入りを目論《もくろ》んでいた。

　一方で、周囲の者たちは、求助の妄想じみた楽観を危ぶみ、この計画には後ろ向きだった。いかに強引な求助でも配下の声を無視できず、建物には改装の手をくわえていなかった。そのため、劇場は都会のただ中に廃墟《はいきょ》然と横たわっている。

　通用口から中に入った。兄が先に来ているようで、施錠《せじょう》はされていなかった。

　ほんの半年の間放置された劇場は、その半年が百年の年月であったかの如《ごと》くに荒れ果てている。心太郎が歩くのに合わせて、剝《は》がれた壁紙と破れたカーテンが力なく揺れた。

　いったいどうして徹は、こんなところで金を渡すことにしたのだろう。あの旅館に持って来てくれるのでは、いけなかったのだろうか。いや、兄は忙しい身だ。ここならば、会社に近いし、人目にもつくまい。旅館でのんべんだらりと寝そべって、無心した金を持参させるなど、罰当たりにもほどがある。兄には改めて礼を云《い》わねば。

そう考えていたとき、声が聞こえた。

女の声だった。

（これは——）

悲鳴だ。

声がした方に顔を向けると、劇場の観音開きの防音ドアが半開きになっている。

そのドアに身を滑らせた。

広い客席の真後ろから、舞台が見えた。男と女が居た。まるで『金色夜叉《こんじきやしゃ》』の貫一お宮のように、女が倒れ男がそれを足蹴《あしげ》にしている。

電気など止めているはずだが、なぜかライトが煌々《こうこう》と舞台を照らしていた。あたかも芝居の一場面のように見えるとはいえ、芝居なはずもない。舞台上で狂暴に立ち回っているのは、次兄の徹だ。

わけがわからない。

足蹴にされている女は——この女にも見覚えがあった——ふくよかな中年女性で、いかにも優し気な顔が今は恐怖に引きつっている。マユズミ探偵研究所の家政婦だ。あのお福人形に似た、親切な婦人である。

なぜ、兄が人変りしたような凶悪な様子で、女性を襲っているのか。どうして、あの穏やかな婦人が、廃墟の劇場で暴力沙汰《ざた》に巻き込まれているのか。

しかし、思い悩んでいる暇《いとま》はなかった。

徹は婦人に向かって刃物を振りかざしている。

いつもは柔和な兄は、まるで魔物が取り憑《つ》いたような顔をしていた。照明の加減なのか、その肌が緑青《ろくしょう》を吹いた銅のように見えた。激しい嫌悪《けんお》と恐怖が浮かんだが、それを圧倒したのは、不思議なことに兄への愛情だった。

「にいちゃん！」

心太郎は暗い客席の間の通路を、可能な限り急いで駆けた。座席の脚につまずいて何度も転んだが、その痛みも感じない。

舞台に駆けあがった。

「にいちゃん、やめろ！」

徹が、こちらを向く。歌舞伎《かぶき》役者が見得を切るように、ぎりぎりと心太郎を睨《にら》みつけた。

「心太郎、なぜ時間通りに来ないんだ」

徹が怒鳴った言葉は、その態度と形相に反していかにも呑気《のんき》で、心太郎は面食らった。

思わず時計を見るが、指示された九時半からたった二分遅れただけで、遅刻を責められるほどのこととも思えない。

しかし、徹は激昂《げっこう》して理解できない言葉を喚きちらし、なおも婦人に襲い掛かる。

心太郎は、咄嗟に徹に体当たりした。

ちらりと婦人の方を見やって無事を確認すると上着を脱いでそれを盾代わりに牽制《けんせい》する。ポケットに入っていたピストルを、旅館に置いてきたことを一瞬だけ悔んだ。しかし、思い直す。一度でも使ってしまったら、父や林蔵を殺したのが、自分ということになってしまうような気がしたのだ。

さりとて、徹のありさまを見れば、そんな余裕のある事態ではない。徹は殺意の標的を心太郎に切り替えて、ひどい速さで刃《やいば》を繰り出してくる。

「おまえ、早く死ねよ」

悪意だけが現れた顔を笑みとも憤怒《ふんぬ》ともつかない表情でゆがめると、徹は刃物を両手で持って飛び掛かってくる。

兄の体が心太郎の上体にぶつかった。

弾《はじ》けるようにして後方に倒れ、心太郎は刺されたと確信した。みぞおちに、熱さと鋭い痛みを感じて手を当てる。

しかし、心太郎は血を流してはいなかった。

徹の刃物は宙高く飛び上がり、高い金属音をたてて床に落ちる。

「正義は、そっちにはないぞ」

今までこの場にいなかった者が、拳闘《けんとう》選手のようにこぶしで徹の頬を殴りつけた。

背の高い、栗毛《くりげ》の髪をふわりと伸ばした優男だった。

立ち上がりかけた徹は、男の無造作な足払いを受けて転がった。そのみぞおちにこぶしが当たると、徹は泣くような声を上げて悶絶《もんぜつ》した。

栗毛の男はすっと背筋を伸ばした姿勢で懐中時計を取り出し、オーケストラの指揮者のように気障《きざ》ったらしく人差し指を顔の横で振る。それで丁度二十を数えたとき、心太郎が入って来た出入口から、見覚えのある男たちが走りこんで来た。

「ご足労、いたみいります、大井警察署の皆さん。牧野求助氏および長岡《ながおか》林蔵を殺した真犯人を、お引渡しいたします」

男がそんなことを云うものだから、心太郎は身を強張《こわば》らせた。実際、刑事たちは心太郎を捕えようとしたが、栗毛の男はパン、パン、と高く手を打つ。

「そうじゃない。こっちの男だよ」

意識を失《な》くした徹を無慈悲につま先で蹴って示し、男は会心の技を披露した奇術師のように、にんまりと笑った。

＊

麻布区笄町の西洋館で、心太郎はもそもそと焼き菓子を食べている。

お福人形に似た家政婦は、前にここで会ったときとうって変わって仏頂面《ぶっちょうづら》をしていた。探偵に腹を立てているのだ。

あの栗毛の男が、この探偵研究所の所長、黛望だった。

所長といっても、彼が一人でやっている。心太郎が最初に読んだとおり、研究所は華族の末成《うらな》り息子の道楽のようなものらしい。それでも報酬を受け取らないということで、父親の伯爵は彼の仕事を認めている。そのあたりの感覚は、心太郎には少しも理解できなかった。

「依頼どおり、濡《ぬ》れ衣《ぎぬ》を晴らしてあげたよ。ありがとうくらい云ったら、どうなんだ？」

「あ——ありがとう」

心太郎が不満げなので、黛は西洋人がよくやるように、形の良い眉を片方だけ吊《つ》り上げた。

「あれ？　ぼくは余計なことをしたのかな？」

「そんなことない。ありがたいよ」

心太郎はまだ不満げに云う。何が不満なのか。——徹の本性を見てしまったこと。徹が自分を本気で殺しにかかったこと。父と林蔵を殺した真犯人だったこと。悪い騙し絵でも見せられたような心地が、まだ解けない。

家政婦の「ふん」という鼻息に思考を遮られた。

この人の名は武田《たけだ》ミネという。

わたしは、晃さんが亡《な》くなった当時、牧野家で働いていた女中です。

そう騙《かた》って、徹を脅した。

九月一日夜九時半、金一千円を持って四次元劇場に来てください。さもなくば、牧野家の悪行を新聞に売ります。

「九時半？　おれが、兄に呼び出された時間だ」

心太郎が云うと、黛は「ふふん」と鼻で笑った。

「もちろん、ミネさんはきみの家と無関係だ。牧野家の女中だったというのは、嘘《うそ》八百」

嘘の目的は、四次元劇場に徹をおびき出すためである。おかげで、ミネは殺されるところだった。そのことでミネは大変におかんむりだが、黛は話の方向を変えてしまう。

「兄上が求助氏を殺害したのは、求助氏がきみを後継者にすると決めたからだ」

取締役会で、求助は心太郎を自分の後継者とし、そのときがきたら徹のことは場末のカフェーの店長に配置転換すると宣言した。ひどい格下げである。しかし、お山の大将である求助にはだれも逆らえなかった。

「兄上は、求助氏のご機嫌を損ねたんだよ」

殺人に至る発端は、四次元劇場の運営について、徹が諫言《かんげん》したことだ。あの都会の廃墟を改装する計画は、無茶が過ぎて会社を傾けつつあった。

おとうさん、四次元劇場を手放してください。あれに金を注ぎ込むのは不毛です。

その指摘が求助の逆鱗《げきりん》に触れた。開業予定のナイトクラブは、求助の生きがいとなるはずだったのだ。

徹にしてみれば、継子《ままこ》という負い目を挽回《ばんかい》するために、幼いころからひたすら求助に尽くしてきた。ようやく物が云える立場になったと思ったら、この始末である。

義父への忠誠が殺意に変わった後、その決行は素早かった。

「林蔵という男は、退職後も高額の手当を支給されていた。それが支払われているうちは、秘密をしゃべらないという条件で」

「強請《ゆす》りじゃないか」

「うん、強請りだね」

黛は、美しい皿に盛られた別の焼き菓子を「これも食べなさい」と云って手で示した。

心太郎が身を乗り出すと、ミネがジャムの入ったポットを差し出す。

「求助氏が亡くなった後、林蔵は兄上に手当の継続を頼みに行き、断られたようだ。恐喝された兄上は、林蔵をあっさりと警察に突き出した。大した度胸だよね。義父を自分の手で撃ち殺しておいて、別件とはいえ被害者として警察に顔を出すとは」

「確かに、そうだな」

心太郎は憂鬱《ゆううつ》な顔をする。

「斯《か》くして、林蔵は逮捕された。兄上はそれから、牧野心太郎こそが父親殺しの犯人だと、警察に匿名《とくめい》の通報をしたのだ。おそらく、林蔵の話は……晃さんの死については、初耳だったんだろうなあ。継子だという理由で虐《しいた》げられていたのは、自分だけではなく晃さんもだったと知って、義父の死後とはいえ憤怒したはずだ。だから、義父だけではなく、その実の息子であるきみにも意趣返しをしようとした」

父親殺しの濡れ衣を着せる。確実に死刑にさせるために、被害者を追加する。

「兄上は林蔵に対する、恐喝の被害届を取り下げた。釈放された林蔵は、きみに接触してきた。林蔵の腹積もりは、きみが晃さんに同情してみせたから、これは金をむしり取れると思ったんだろう」

それは、徹の狙《ねら》いどおりだった。

「兄貴は林蔵を殺して、その罪をおれになすりつけようとした。おれを罪に陥《おとしい》れるためだけに、林蔵を殺した――ってのか？」

　苦しそうに云うと、ミネが同情して背中をなでてくれた。ふくふくした温かさが伝わり、緊張がゆるんだ。泣きたくなった。

「あのとき――」

　四次元劇場に着いたとき、徹は「時間がちがう」と腹を立てていた。心太郎はいまもって、あのときに怒られたわけがわからない。

「ああ、そのこと」

　黛は嬉《うれ》しそうに、にこにこする。

「きみのところには、実は同じ内容の電報が二通出されていたんだよ。一通目には、四次元劇場に九時半に来るように書いてあった。もう一方には、十時と書いてあった。最初のヤツがぼくの書いたもので、十時に来いと云った後のヤツが兄上の出した電文だ。

　兄上が電報を出すのをひそかに覗き込んだ後すぐに、ぼくが三十分早いニセモノを作り、配達人を装《よそお》ってきみの居た旅館に届けたわけだよ。九時半に、きみと本性を現した兄上とを、対面させるためだ。

　ああ、兄上からの電報は、きみの目に触れないように、ぼくが上手《うま》いこと回収させていただいた」

「まったく、先生は血も涙もない人ですよ」

ミネが、ふくよかな頬をいっそう膨らませた。

「牧野さん、この先生はね、わたしのことを囮《おとり》の鮎《あゆ》みたいに使ったんですから」

「悪かったよ、謝るよ。今度いっしょに、鮎を食べに行こう」

「鰻《うなぎ》でも良うございますよ」

ミネの表情が緩むのを見て、黛はこちらに視線をよこす。

「いよいよミネさん大活躍の巻だ。ぼくはミネさんの協力を得て、兄上に罠《わな》を仕掛けてみた」

黛は、ミネの名で徹を脅迫した。求助の継子殺しに加えて、徹の犯行もあげつらい、暴露されたくなければ九時半に四次元劇場に来いと脅した。

「そこで、兄上も兄上なりに、悪だくみを試みたわけなのだよ」

黛は腕組みをしてふんぞり返る。

徹は九時半にミネを殺しに行った。今度も殺人の罪を心太郎に着せるため、三十分後に来るように、あらかじめ電報を打っておいた。

しかし、黛のニセ電報を読んで、心太郎は早く来てしまった。

ここに至るまで、全《すべ》て徹の計算どおりに運んできた。黛の介入など知るよしもなく、番狂わせな心太郎の登場にことさらの憎悪を覚えた。だから、時間が違うと激昂したのである。

ならば、心太郎もろとも、ここで始末するまで。

義父同様にあっさり殺すのは癪《しゃく》に障《さわ》るが、信じた者に殺されるのもさぞや無念だろう。

その無念さを見下ろして、せめてもの慰めにしよう。

「兄上の計画では、きみは殺人犯として逮捕されるはずだったのさ」

「だから、兄貴は旅館に会いに来たとき、おれの上着のポケットにピストルを入れたのか」

「それなんだけどね」

黛は、眉根を寄せた。

「兄上はそのことについては、頑として否定しているそうだ」

徹は、義父と林蔵の殺害に関しては、あっさりと認めた。弟に罪を着せようとしたことも認めた。しかし、凶器を心太郎の服に忍ばせるなどしていないと、云い張っている。

「親父《おやじ》の顔をペンキで赤く塗った理由は？」

「ああ、それも不可解な点だ。徹氏は何も云わないそうだからね」

「でも、どうしてあんたがそういうことを知ってるんだ？」

「警察に知り合いが居るから」

取り調べの情報が横流しされていることを、黛は平然と認めた。

「ピストルのことは――。兄上は、まだきみに嫌疑のいくばくかを残しておきたくて、嘘をつきとおしているのかもしれないが」

　心太郎は「そうだろう」とは云わなかった。殺人を認めたのに、そんな枝葉の事実を偽ってみたところで、何になる。水に墨を落としたように、暗いうずきが胸に湧《わ》いて広がった。

「その点については、いくら調べても納得のゆく答えが出ないんだ。あるいは、ぼくにもわからない別のわけがあるのかもしれない」

　そこまで云うと、黛は立ち上がった。

「悪いが、ぼくはここで失敬するよ。まだ質問があるなら、簡潔にまとめてそこの蓄音機に録音しておいてくれ」

　黛は靴底を鳴らして出て行ってしまう。――四次元劇場に現れたときは、まるで猫のように足音もしなかったことを、心太郎は思い出した。

「あ」

　気にしていた探偵の費用のことを、聞きそびれてしまった。

＊

　徹が強く反対したのも道理で、求助が四次元劇場を買収したことで、会社も牧野家も少なからぬ負債を抱えていた。家と牧野商会は、その返済のために人手に渡ることとなった。

使用人が去った人の気配のない屋敷を、一渡り眺めて歩いた。何もかも取り払われた空間は、それでも幼い時分の落書きが残り、畳にはうっかり煙草《たばこ》を落とした焼け焦《こ》げがあった。

いったいあとは何があれば、この家がこの家のままでいられたのだろう。だれが、どんな努力をすればよかったのだろう。この家に寄り付きもしなかった者には、そんなことを考える資格などないだろうか。

もう秋も深いというのに、随分と暑い。

締め切ったガラス窓のこちら側で、静寂は静かに熱をもっていた。光に当たった埃《ほこり》の粒がきらきらと光り、シネマのスクリーンのように記憶を映し出す。

思い返してみても、この家で暮らして幸せだと思ったことは一度もなかった。それでも、父と次兄と三人でよく声を出して笑っていたのは覚えている。

居間――客間――座敷――洋間――。

さっきから一ヵ所だけ、意識して開けていない扉があった。父の書斎だ。

今、この目で見ておかなければ、未来永劫《えいごう》失われる。そう思って、足を踏み入れた。

そして、拍子抜けしてしまう。

そこには一冊の本も、調度もなかった。造り付けの棚から、あの女神の像も、なくなっていた。――家中ががらんどうにされた中で、ここだけ物が残っているはずもない。

そう思いなおして、自分の臆病《おくびょう》さが可笑《おか》しくなる。

けれど、同じ瞬間、ふとした考えが浮かんだ。

もしも、林蔵の云ったことが、嘘だったとしたらどうだろう。

晃の死因が、本当に病死だったとしたら。父は晃を殺してなどいなくて、林蔵は父を恐喝などしていなくて、林蔵が次兄にその作り話をしたのが、父の死より前だったとしたら。

父が心太郎に跡目を継がせようとしたという話は事実に違いない。血縁でないという理由で、ないがしろにされた徹は当然のこと、憤慨しただろう。

しかし、その時点では殺意までは起こっていなかったのではないか。

だが、同じ継子の長兄が幼い時分に命を奪われ、その死因さえ封印されたと聞かされたら、今度こそ父を殺害する動機になるのではないか。

いや、父を殺したのは、本当に徹だったのか。

林蔵を撃ち殺して逃げて行った男は、実は心太郎ではなかったのか。

だからこそ、心太郎は凶器のピストルを持っていたのではないのか。

徹は今もずっと元どおりに優しい兄で、心太郎の罪をかぶって人殺しのふりをしているのではないのか。

（そんなはずはない。第一、おれは殺していない。そんな覚えなどない）

心太郎は、うろたえて視線を泳がせた。空っぽの書架が目に入る。そして、絨毯《じゅうたん》を剥がされた貧相な床板、日差しの中で死んでいる黒い蠅《はえ》——。

そのすぐ傍らの、死角になった暗がりに、蛇体の女神像が転がっていた。

第二話

死神令嬢

1

安アパートの窓が、昨夜からの強風でひっきりなしにガタピシ鳴っていた。

おんぼろの電気ストーブは、うっかり転ばしたときに中の線でも切れたのか、まるで使い物にならない。昨年の暮れ頃、逸子がどこからか調達してきたときには、二人でずいぶん喜んだものだったが。

ストーブが壊れたのと同じころ、逸子が帰って来なくなった。

詮索《せんさく》しないのが、暗黙の取り決めだった。それでも、互いの実家が富裕であること、二人とも跳ねっ返りの不肖の子であることを、それとなく伝え合っていた。

心太郎は勘当されて素《す》寒貧《かんぴん》だが、逸子は魔法の財布を持っている。魔法の正体が実家の財産だというのは明らかで、逸子はいざとなると遠慮なしに浪費をする。心太郎に舶来の靴や、高い酒なんかを、よく買ってくれた。逸子が普段から使っている香水は仏蘭西《フランス》製だし、街に繰り出すときは女優顔負けに一流品で着かざる。

しかし、そんなお洒落着《しゃれぎ》なんぞは洋服簞笥《だんす》からすぐに姿を消した。ほとんどが、二、三度袖《そで》を通したばかりで、質屋か古着屋に持ち込まれる。

以前から、逸子自身もしばしば消えていた。

実家に帰っているらしいとか、ほかの男と居るらしいとか思っても、別に気持ちが騒ぐことはなかった。恋人同士というつもりでいたものの、相手の浮気には頓着《とんちゃく》しなかった。だからこそ、二人で居ようと決めたのだ。人生など、出たとこ勝負。決まりごとなどまっぴら。だけど、寂しいのもまっぴら。

心太郎と逸子は、家猫のように睦《むつ》まじく暮らし、野良猫《のらねこ》のようにふらりと消えて、また家猫のように帰って来る。二人とも、部屋を空けるのはせいぜい三日がいいところ。その後には、貧しい卓子《テーブル》で向かい合って、同じ飯を食っている。

ところが、このたびは五日経《た》っても、一週間経っても、逸子は帰って来ない。今日で一ヵ月ほどにもなるが、音沙汰《おとさた》ひとつない。父親殺しの容疑がかかったときでさえ、心太郎は数日もおかずに戻って来たのに。

理屈もなく、胸騒ぎがした。犯人と決められ否応《いやおう》なく痛めつけられたことを思い出すと、もしや逸子の身に変事が起こり、彼女が同様の苦痛を被《こうむ》っているのではという気さえしてくる。

否《いな》――それは、建前。

もうじき、家賃の支払い日だ。魔法の財布を持たぬ身には、十一円五十銭など逆さにしても出てこない。

「働くか――借金をするか」

頼み込めば、皿洗いくらいなら、させてもらえそうなところは何ヵ所か知っている。無心を許してくれそうな女とて、何人かは知っている。ただ、この寒空の下に出て行くのが億劫《おっくう》だ。特別に居丈高な性分ではないが、ひとに頭を下げて頼み事をするのが、面倒だ。何より、働くということが性分に合わぬ。心太郎のような半端者《はんぱもの》など、朝から晩まで精を出しても、手にする金は小遣い銭程度である。馬鹿《ばか》くさい。馬鹿くさいが、このままでは飢え死にだ。

（まあ、一服してから）

しばしの時間稼ぎに、ラジオの電源を入れた。

これもまた逸子が、不良仲間からただでもらって来たポンコツだから、ひどく感度が悪い。今日の悪天候がなおさら電波の受信を妨げるのか、真面目《まじめ》くさった男の声に、じりじりとした雑音が混じっていた。こんなときは、流行歌でも聞きたかったのに、流れている番組はニュースのようだ。

――殺害されたのは、連続婦女暴行殺人で――されていた無職、吉村茂彦で――。

聞こえた端《はな》から、ラジオは物騒なことを云《い》い出した。心太郎は反射的に眉《まゆ》をひそめたが、同時に悪趣味な興味もわいて、泥のような無気力さにいささかの灯が点《とも》った。出掛けると決めつつ寝そべる姿勢になっていたものが、ひとりでに背筋が伸びて座り直した。

——犯人の手掛かりはなく——同一犯とみられる犯行はこれで三件目となり——犯人の通称となっている黒影法師とは——。

(黒影法師？)

紙芝居の悪玉みたいな名を、放送局のアナウンサーが真面目な声で云うのが、可笑《おか》しい。

「黒影法師」

コケ威《おど》しな響きを、心太郎は口の中で転がしてみた。しかしその呑気《のんき》さは、続く言葉によって、吹き飛ばされた。

——これまで三人の被害者はいずれも、顔面に赤ペンキを塗られ——。

＊

後村《あとむら》という男に三百円を貸していたのを思い出した。

忘れていたとは、呑気な話だ。

一昨年《おととし》の話である。初めて行った目黒競馬場で、まるで福の神に取り憑《つ》かれたみたいな勝ち方をした。六円が四百円に化け、この調子でいったら財閥にだってなれる気がした。もっとも、心太郎はろくでなしのくせに、これに味をしめることはなかった。大枚四百円はあぶく銭と決めこんで、散財してしまおうと決めた。腹の底の底に、札束への嫌悪《けんお》があった。つまるところ、金満家の守銭奴である父親への反抗心だ。

　帰り道、ふと、一人の中年男の姿が視界に入った。そのときの心太郎が福の神に取り憑かれていたのだとしたら、男に取り憑いていたのは貧乏神だ。やはり競馬場からの帰りだが、男の惨敗《ざんぱい》のほどは見るだに明らかだった。

　舞台のスポットライトとは逆の、そこにだけ闇《やみ》が当たるという演出があるとしたら、男がまとっている暗さはまさにそういった闇だった。なけなしの金を勝てない勝負に注ぎ込んで、すっからかんになった。この失敗により、男がいよいよ深刻な窮地に陥ってしまったのは、説明されるまでもなくわかる。競馬場には、そういう手合いは大勢居たし、そういう暗さが鬱陶《うっとう》しいからこそ、心太郎は賭博《とばく》に愛着を覚えなかったのである。

　鬱陶しい。辛抱ならぬほど、鬱陶しい。

　心太郎の嫌悪は、柄にもない慈愛の本性による。心太郎は生来、弱い者、貧しい者、愚かな者を愛する性質があった。軽佻浮薄《けいちょうふはく》を信条とする彼としては、不本意ではあったが。

　ともあれ、わんさといるおけらどもの中で、暗黒の光が当たっているように見えたその男から、心太郎は目を離せなくなった。男の暗さは、剣呑だった。貧乏神が、死神に変じてゆくのが見えた気がしたのだ。

　こいつぁ、死ぬ気だ。

　そう思ったら、うっちゃっておけなくなった。心太郎までがその貧乏神やら死神やらに引き寄せられるように、ふらふらと男の後を追跡する。同行していた悪友たちが「どこへ行く気だ」と文句を云い出した。心太郎のツキに便乗して、ご相伴にあずかる気でいたのだ。

「うるせえな」

　札束をざっくり割って百円ほど渡すと、それが目当ての友人たちは、予想外に多い分け前に喜んであっさりと立ち去った。

　結局、男は公衆便所で首を縊《くく》ろうとして、心太郎はそれを助けた。お定まりの愁嘆場となった。救出しようとする心太郎に向かって抵抗し、暴力さえ振るい、火事場の馬鹿力すら残っていないのでヘナヘナとしおたれて、死なせてくれと云って泣いた。しょぼくれた中年男が声を上げて泣くさまなど、目もあてられない。

　目、といえば、男の両目の下には、それぞれ大きなほくろがあった。泣きぼくろというよりは、道化役者がする滑稽《こっけい》な化粧のように見えた。死ぬの生きるのという場面なのに、このほくろのせいで、ともすれば馬鹿なドタバタみたいに思えてしまう。黒いほくろの下を、黄色い目脂《めやに》が涙で流れるのが醜い。

「涙を拭《ふ》きなよ。ああ、返さなくていい」

心太郎は、いやな顔をしながらハンカチを差し出した。

ほくろの男は、後村と名乗った。練馬町で農薬と肥料の卸をしている。商売に失敗して、いよいよ夜逃げしかないところまで追い詰められた。その土壇場で、所帯を持つときに封印した、賭《か》け事のことを思い出した。最後の最後、起死回生だ。落ちるところまで落ちたのだ。ここからは、這《は》い上がるだけ。きっと、今なら奇跡が起こる。

やみくもにそう思い込んで、妻女の反対を押し切り、虎《とら》の子《こ》である当座の食《く》い扶持《ぶち》を摑《つか》んで練馬町から出て来た。そして、残らずすってしまったのである。

情けない。不甲斐《ふがい》ない。女房に申し訳ない。

わんわん泣く後村の鼻先に、心太郎は三百円を突き付けた。

「商売を立て直すってほどの金額でもないが、命くらいなら助かるんじゃないのか？」

苦心して親切そうな笑顔を作った。後村は泣いて崩れた顔で長いこと札束を凝視し、心太郎の顔に視線を移し、それから滑稽なほどその視線を往復させた。揚げ句、歓喜と悲嘆と恐怖と感謝が全《すべ》てまざった、実に変てこな表情になった。

「いいんですか？　しかし、そんなことがあるわけがない……。代わりに、あんたに差し出せるものは、何にもないんですよ。だけど、もしか本当に貸してくれるんなら——」

「貸すんじゃねえよ。博打《ばくち》で当たっただけだし、おれが持ってても、ロクなことに使わないんだ。後村さん、あんたと家族が助かるなら、正しい使い方ってもんじゃあねえか」

「あ――ありがたい。ありがたい。ありがとう――ありがとう――」

後村は再び泣き出すので、心太郎は彼の懐中に三百円を押し込んだ。

後村は心太郎の手を握って押し頂き、公衆便所の濡《ぬ》れた床に、頭をこすりつけんばかりにして感謝した。慌《あわ》てて手帳と鉛筆を取り出し、練馬町の住所番地と姓名、商いの屋号を書いて、心太郎に渡す。

「名前を聞かしてくれ。この先、あんたが金に困ったら、わたしは金のわらじを履いてでも、あんたのために入用なだけ用意するよ。本当だよ。神仏に誓うよ」

「金のわらじを履いて探すのは、年上の女房だろう？」

心太郎がそう云うと、後村はようやく笑った。長いこと笑顔とはご無沙汰だったのだろう。無精ひげの生えたしなびた顔に皺《しわ》が寄って、涙やら鼻水やらで汚れて、ずいぶんと見苦しかった。後村は心太郎の慈愛を掻《か》き立ててやまぬ、それゆえ苦手この上ない情けない様子で、感謝と恩返しを誓った。

2

後村のことが念頭から消えていたのは、それが気に入らない行いだったからだ。人助けなど不本意千万。きっと恩返しをすると云った言葉を頼りに、こうして練馬町に向かおうというのは、無粋のきわみである。それを思うと、実に気が重い。実に格好が悪い。

省線で池袋駅まで行って、武蔵野《むさしの》電車に乗り換えた。

隣に腰かけた農民風の男たちが口角泡を飛ばしているのは、例の黒影法師という怪人のことだった。

「今どき黒影法師を知らないなんざ、呑気だなあ。竜宮城にでも行ってたんじゃあるまいね」

茶色い毛糸の帽子をかぶった男が云った。冬だというのに、日差しがしみこんだような褐色の顔をしている。皺が目立ったが、顔立ちはまだ若かった。この毛糸帽子に馬鹿にされた方は、お人好《ひとよ》しそうな大男だった。二十歳そこそこに見えるこの男が同輩らしい口を利《き》いているのだから、毛糸帽子の方だって心太郎より若いのかもしれない。

「新聞取ってねえし。ラジオもねえし」

「ああ、それじゃあ、聞かしてやるよ」

毛糸帽子は、在の者らしいが東京の下町の人間みたいにぽんぽんしゃべる。それとなく聞き耳を立てている心太郎は、寄席《よせ》で講談でも聞いているみたいな気がしてきた。

「黒影法師ってのはな、今、そうさ、今の今、帝都を震撼《しんかん》させている殺人鬼だ」

その正体は不明。密室にも入り込み、常識を超えた形で被害者の遺体を遺棄する。工場の煙突に縛り付けたり、橋げたにはり付けたり、およそ人間わざとは思えない仕方で、さらしものにするのだ。

最初の事件では、世間は震撼した。

二件目で、犯人に、黒影法師という名が付いた。

名付けたのは、この怪人をいち早く紙芝居に仕立てた無名の漫画家である。

そのような凶悪な犯罪者を紙芝居にしたのは、黒影法師が義賊だからだ。

「義賊？　だって、そいつは人殺しなんだろう？」

大男は、不審そうに聞いた。目の色が、怯《おび》えている。

「黒影法師は、官憲でも捕まえられない悪党を裁いてくれる、正義の味方なのさ」

毛糸帽子は、いささか得意げに云った。

「黒影法師が手を下した一人目は、強盗殺人の犯人なのに、証拠不十分で無罪になった男。二人目は、横恋慕した女の家族を皆殺しにした、某大物のドラ息子。被害者の身内はもちろんだろうが、おれたち良識ある庶民が痛快がったって罰《ばち》は当たるまいよ」

「そうか。悪者が成敗されているわけか。そりゃあ、いいや」

大男は鼻をすする。浮かべた笑みには、意外と残忍な色がある。

「だが、黒影法師は、一体どうやったら、あんなことができるんだろうなあ」

強盗殺人犯は縊《くび》り殺されて、紡績工場の煙突に括《くく》りつけられていた。ドラ息子の殺人鬼は、腹を裂かれて永代橋《えいたいばし》のアーチにはりつけにされていた。心太郎が今日ニュースで聴いたばかりの被害者は、連続婦女暴行殺人犯で、まだ十七歳の少年だった。彼は生殖器を切断された真っ裸の死体となって、空から降ってきたという。

人殺しは死体を隠すことに頓着するものだろうが、黒影法師はこれを弄《なぶ》ってさらしものにすることで、己の犯行声明の代わりとした。遺体の顔が赤ペンキで塗られていることも、黒影法師の犯行の特徴だという。

「こんな短い間に、とてつもない悪党ばかり、三人もやられたんだからなあ——」

三人ではない。四人だ。

心太郎は黒い床板に目を落とし、せり上がるような自分の鼓動を聞いていた。射殺された父の求助は、顔をペンキで赤く塗られていた。求助を殺した犯人は、黒影法師なのか。求助を殺した犯人は、次兄だ。ならば、次兄が黒影法師なのか。三人の凶悪犯たちを殺したのも、徹なのか？　そんなことができるはずはない。求助殺しで逮捕された徹は、拘置所に居る。

「あの、いいかい？　黒影法師ってのが最初に出たのは、いつなんだ？」

思わず、急《せ》き込んで訊《き》いた。

突然に話に割りこんで来た心太郎を見て、二人の若者は怪訝《けげん》そうな顔をしたが、毛糸帽子が人懐《ひとなつ》こい態度になり、それを見た大男も表情を緩めた。

「兄さん、東京の人かね？　どこまで行くのさ」

「練馬町まで。ちょっと知り合いに会いに行くんだ」

「おれたちも練馬町の者だぜ。知り合いとは、誰かね」

若いのに、知りたがりと見える。余計なお世話だと思ったが、ここで喧嘩《けんか》なんかになったら余計におもしろくない。どうせ誰もが誰もを知っているのだろうと思い、正直に答えた。

「ああ、後村先生かい」

「先生？」

貧乏神と死神に取り憑かれていた後村が、先生呼ばわりなどされているのが意外だ。

毛糸帽子は「兄さん、先生の知り合いなのかい？」などと探るような視線をよこすので「後村さんには、ご無沙汰しちまって」などと云ってごまかした。

「今年の選挙で町会議員になったんだよ」

「へえ、大したもんだ」

感心半分、釈然としない気持ちがわいた。死ぬの生きるのと云っていた者が二年足らずで議員先生と呼ばれるまで復活したのには、心太郎に借りた三百円が少なからず役に立ったはずだ。それを返すどころか礼の一言もないのは、いささか無神経な所業ではないか。

（まあ、悪気はないのだろうが）

短い間に死にかけから先生になりおおせたのだから、さぞや大忙しで、細かいことなど気にする暇《いとま》もなかったのだろう。元より後村を助けたくて貸した金だ。さもしいことを考えるものではないと思いなおすと、自然に表情も明るくなって、改めて二人の方を向いた。

「で、黒影法師とやらが最初に出たのは、いつなんだい？」

世の中のことに暗くて、我ながら参っちまうよ。そう付け加えた。

「つい先月のことだよ」

「てことは、十一月かよ」

「ああ、流れ星がやたらと見えた夜だ」

十一月十八日に流星群が見えると、天文学者くずれの悪友が云っていた。逸子がぜひとも見たいと云うので、夜っぴてそいつの家の物干し台から空を見ていた。風邪気味だったし、寒さ避《よ》けに酒ばかり飲んでいたら、寒空の下で眠ってしまい、ますます塩梅《あんばい》が悪くなった。

　逸子が居なくなったのは、それからほどなくのことだ。

「煙突に人間の死体が括り付けられてた。大騒ぎだったんだぜ。顔を赤ペンキで塗られていて、何があったか知らないが、死んだ人をそんな風にして辱《はずかし》めるなんて、ひどいことしやがるって話になったんだ。ところが、そのペンキを落としてみたら、証拠不十分で罪を逃れたとんだ悪いヤツだったって話さ」

　それで世間の反応は、戦慄《せんりつ》から喝采《かっさい》に変わったのだと毛糸帽子は続けた。心太郎の方は、途中からその声が聞こえなくなっている。

　牧野求助が射殺されて赤ペンキで顔を塗られたのは八月だ。赤ペンキを手掛かりにして、犯人を黒影法師だとするなら、求助殺しは次兄の犯行ではないということになる。

　しかし、求助の顔が赤ペンキで塗られていたことは、警察とて初手から知っている。ならば、どうして黒影法師の犯行として勘定しないのか。

「おい、兄さん、着いたぜ。何をぼんやりしてるんだい」

　既に立ち上がりかけている二人に声を掛けられ、心太郎は慌てて顔を上げた。同じ改札口を出て、後村家への道順を教えてもらって別れた。

＊

後村の家は随分と大きな構えの、立派なお屋敷であった。田舎のことであるから広く土地を使えるのだろうが、牧野求助が建てたあの馬鹿デカイ邸宅とも大差ない。由緒《ゆいしょ》といえば、こちらの方がずっと格上で、ぐるりと巡らせた大和塀の上から見える日本家屋は、田舎家というよりは武家屋敷を思わせる。

　丁度、小間使いらしい若い娘が帰宅したところだったので、呼び止めて用向きを云った。

「あなたが、旦那《だんな》さまにお金を貸したの？」

　娘は意外そうな顔をした。それでも、見目好い若者に用事を頼まれ、娘は感じの良い態度で応じてくれる。

「旦那さまを呼んできますから、ちょっと待っててね」

　そう云って、通用口から屋敷に入った。

　それからどれだけ待たされたか。誕生祝に逸子が買ってくれた瑞西《スイス》製の腕時計は、とっくに質屋に行ってしまった。近所の農家の主婦とおぼしき中年女が、野良からもどる道すがら、怪訝そうな凝視をくれる。近くの小学校から唱歌が聞こえて止《や》んだ。

さんざん経ってから、後村が通用門から現れたので、やはりと思った。あの落ちぶれた男が、こんな邸宅のあるじなはずはない。きっと下働きか何かに収まっているに違いない。

しかし、その風貌《ふうぼう》は一廉《ひとかど》の紳士に変じてもいた。脂《あぶら》じみて散髪も怠っていた頭は、格好良く刈り込んでポマードで整えてある。見るからに上等な大島の長着《ながぎ》の上に、同じ仕立ての羽織を重ねていた。黒い別珍の足袋につっかけているのは、そればかりは安っぽいすり切れた草履だ。

「どちらさんで」

後村は、固い声で云った。まるで吝嗇家《りんしょくか》が、門口を訪れたおもらいに対峙《たいじ》するような顔つきだったので、心太郎はつい気圧《けお》された。顔形ばかりは朧《おぼろ》げな記憶のとおりだが、この愛想のなさは全く別人のようだ。ただ、あの道化役者のような目の下のほくろは、忘れようもない。死ぬとさわいでいたときは憐《あわ》れを誘う涙みたいに見えた黒い点が、今日は肉付きの良くなった頬にとまる小さな甲虫のように見える。

「…………」

常ならばここで拗《す》ねてプイっと踵《きびす》を返すところだが、自分の金が一人の人間の窮地を救い、現にこうして「先生」やら「旦那さま」やらと呼ばれるまでになったことは、心太郎にしても嬉《うれ》しいことではあった。きっと本当に忘れているのだろう。都会の軽薄な若者など、田舎紳士には十把《じっぱ》一絡《ひとから》げで不審な輩《やから》に見えるに違いない。そう気付いて、心太郎は慌てて名乗りを上げた。

「牧野心太郎だよ。ほら、前に目黒競馬場で、あんたに三百円を貸したろう。実は、おれも今ちょっと手元不如意《ふにょい》で、悪いんだけど、あれを返してほしいんだ。いや、いっぺんに全部とは云わないよ。手始めに百円でいいから——」

「おまえさんなんか、知らんね。選挙で当選してから、おまえさんみたいな手合いがよく来るが、いちいち付き合ってなどいられないよ。帰ってくれ」

　さすがに、頭に血がのぼった。

「てめえ、あン時は泣いて手を合わせてたじゃねえか。おれが困ったら、金のわらじ履いてでも金策するって、てめえ云っただろうが」

「おまえさん、あの金は貸すのではなく、わたしにくれると云ったではないか。今さらどのツラを下げて返してくれなどと云うんだね」

「やっぱり覚えていやがったのか」

　心太郎が大きな声を上げたとき、通用門からガタイのいい男が現れた。使用人らしい風采だが、いかにも暴力を厭《いと》わない態度で心太郎の前に立ちはだかる。

「帰りたまえ、牧野くん。わたしは金を借りた覚えはない。親切な青年に危急の資金を提供してもらったことはあるが、その青年が手放した金惜しさに無心に来るなど、幻滅ものだよ」

後村が云うと、それを合図と見て、用心棒は心太郎を突き飛ばした。

あっけなく尻《しり》もちをつく心太郎の様子などには目もくれず、二人は通用口の中に消えてしまった。

*

「あれ、牧野さんじゃありませんか。こんなところで土まみれで、どうなさったんです」

プラットホームで、声を掛けられた。

後村の恩知らずな仕打ちにはらわたが煮え繰り返っていたときだったので、殺気だった顔で振り返った。福相の中年女が、大荷物を背負って立っている。唐草の風呂敷《ふろしき》が破れんばかりに包んであるのは、大根。両手にも、同じほど重たげな大根の束を提げていた。

「あんたは――ミネさんかい？」

父親殺しの容疑を晴らしてくれた華族探偵につかわれている家政婦である。初対面のときは、警察で拷問《ごうもん》を受けた翌日で、傷だらけだった。よくよく悪いところで出くわす相手である。

「そっちこそ、どうして、こんなところに？」

後村が憎ければ練馬町まで憎いといった態度で、心太郎は非難がましく訊いた。ミネは気にするでもなく、両手に提げた荷物を置いて「ふう、ふう」と息をつく。真冬だというのに玉の汗を浮かべ、小紋を染めた紺の手ぬぐいで首筋を拭《ぬぐ》った。

「従妹《いとこ》がこちらに嫁いでおりまして、いつも冬になりますと大根をほら、このとおり――」

ミネは大荷物を目で示す。

「たくさん分けてくれるんですよ。ところで、牧野さんはこれからご用？」

今しがたの苦々しい経験を思い出して、心太郎は頬を歪《ゆが》めた。

「いや、用事は終《しま》いだよ」

「それでしたら、あなた、麻布まで、これを運ぶのを手伝ってくださいましよ」

福の神のようなミネの頼みごとを断るのには、よほどの冷酷さが要る。まして、重たい大根の山と一緒に放り出すなど、出来るものではない。

3

麻布区にあるマユズミ探偵研究所に着くまでに、心太郎は結局のところ、後村から受けた仕打ちを洗いざらい話してしまった。ミネは前に捕まった大井警察署の刑事なんぞよりも、数段上の聞き上手だった。

「ひどい恩知らずも居たものだわ。それに引き換え、あなたのしたことは立派ですよ。賭け事なんぞにうつつを抜かしていたのを差し引いても、たんとお釣りが来る、まことに見上げた心がけです」

などとおだてられ、研究所の裏庭まで大根を運ばされた。沢庵《たくあん》を漬けるために、これを縄で縛って干すのだという。まさかそれまで手伝わされるのかと云ったら、ミネはころころとコロラトゥーラのように笑った。

「いくら何でも、そんなにこき使うものですか。それより、何だか顔色がお悪いわね」

重労働をさせた後で、今さらのようなことを云う。心太郎の背中を押して台所に追い立てた。

「そこにお掛けなさいよ」

作業台として置かれた卓子《テーブル》に、椅子《いす》が二脚納まっている。

腰かけたと殆《ほとん》ど同時に、大きな湯飲みで番茶を出された。飲み終える前に、親子丼《どん》が運ばれてくる。さも由緒がありそうな器の中身は、半熟の玉子をまとった鶏肉《とりにく》と飴色《あめいろ》の玉ねぎと、そして味のしみた飯。いささか多すぎる三つ葉の緑色が美しい。匂《にお》いをかいだだけでも、天国に招かれたような心地になった。しかし、こんなものを一分やそこらで拵《こしら》えられるのか？

「何云ってるんですか。心太郎さん、居眠りしてたじゃありませんか」

呼び方が、牧野さんから心太郎さんに変わっていたが、目の前の好物を見て、あれこれと云う余裕はなかった。ゆっくり味わいたいのに、空っぽの胃の腑《ふ》に命じられて、憐れなくらい急いで掻《か》っ込む。

再び意識をなくしたように思えた。実は、親子丼を食べることに、あまりに集中していたのだ。金欠のせいでロクな食事をしていなかったし、今日は腹の虫が治まらないせいで、よけいに腹が減っていた。丼《どんぶり》の底に張り付いていた玉ねぎの切れ端を名残惜しく口に運んで、ようやく顔を上げる。

小さな卓子を挟んで、向かい側に居たのはミネではなかった。柔らかい栗色《くりいろ》の髪をふわりと伸ばした二枚目である。夢から覚めたように、心太郎は眉根を寄せた。

「きみ、ガールフレンドに逃げられたんだってね」

開口一番にそんなことを云われたものだから、心太郎は目を剝《む》いた。

「何のことはない。きみのもとから逃げた逸子嬢は、もっと本格的に逃げたのだ」

意味がわからない。

「逸子嬢の父上である渡辺男爵《だんしゃく》が、ご息女が駆け落ちしたと相談に来たんだよ。依頼内容は、見つけ出して連れ戻してほしいとのことなんだけどね」

「男爵？」

逸子が華族の令嬢だったとは初耳だ。その逸子が、だれと駆け落ちしたというのか。そもそも、探偵を名乗る者が、客の依頼について、第三者にぺらぺらとしゃべってしまっていいものなのか。

「きみは第三者ではなくて、逸子嬢に付いた悪い虫といったところだもの。彼女に逃げられて難渋しているのは、きみも渡辺男爵も同じだ。だったら、きみがぼくに手を貸すというのが、ものの道理だとは思わないか？」

「なんだって、おまえなんかに手を貸さなくちゃならないんだよ」

「おまえなんかとは、ご挨拶《あいさつ》だな。父親殺しの容疑を晴らしてやった恩を忘れたわけ？」

「今日は、恩の話なんか聞きたかねえんだ」

「ふん」

訳知り顔で鼻を鳴らす黛を、心太郎はじっと見据えた。

「親父《おやじ》を殺した真犯人は、ほかに居るかもしれないぜ」

「どういうこと？」

「親父は顔を赤ペンキで塗られていた。そういうことをする人殺しが、世の中を騒がせているそうじゃないか」

「黒影法師か」

黛は二人分の煎茶《せんちゃ》を淹《い》れた。おそろしく上等のお茶だが、無粋にも大きな湯飲みになみなみと注いである。黛は少しばかり渋い表情になって、茶をすすった。

「あれは、ぼくは、ぼくも――」

ぼくも、どうだと云うのか。黛は言葉を濁したきり先を云わない。

「話をもどそう。きみは、逸子嬢の居ないアパートにもどったところで、家賃の催促に応じることもできない。その反面で、閑《ひま》を持て余している。だったら、ここでぼくに協力した方が建設的じゃなかろうか。きみが手を貸すと云うのなら、逸子嬢の駆け落ちの相手がだれなのかを、教えてあげられるんだけどなあ」

「おれが手を貸さなくても、おまえは教えられると思うが」

「部外者にはそこまでは教えられないが、助手にならば内部情報も明かせる。当然、給金も出せる」

「おまえの助手だと？」

憤慨しつつも、頭の中で算盤《そろばん》をはじいた。ミネの作る食事を、もう一度だけでいいから食べたいと思う。逸子が帰らない部屋に居るのは憂鬱だ。家賃も払えない。それに、給金が出るというのは、魅力的だ。何より、逸子が今いっしょに居る男がだれなのか、知りたい。

「でも、おれが居ない間に逸子が戻ったら――」

「その心配は、要らないよ。いまごろ、渡辺男爵が彼女の借りていた部屋を解約して、退去の手配をさせているはずだ」

「なんだって！」

　思わず立ち上がった。何を勝手なことを――。言葉が喉《のど》につまって、絶句してしまう。黛は重労働とは無縁そうな細い手を、顔の横でうるさそうに振ってみせた。

「きみの荷物は、今日のうちにここに運び込んでもらうことにしたよ。どうせ、逸子嬢からもらったものが幾らかあるばかりだろう」

「どうして、そんなことを――どうして、ここなんだ。どうして、今――」

「きみがここに居るうちに始末した方がいいだろうからと、さっき渡辺男爵に連絡したら、すぐに手を回したそうだ。さすが、陸軍大佐だ。いざとなると、滅法仕事が早いよ。何しろ、きみが居るときに追い出すような真似《まね》は、さすがに寝ざめが悪いものね。きみにしたところで、逸子嬢が居ないんだから、どこに居たって同じだろう。そんな顔で睨《にら》まないでくれ。路頭に迷うところを、ただで、三食付きで寝泊まりできる場所を提供しようと云っているんだ。いくら、ぼくが損得勘定の出来ぬ間抜けな華族だといっても、これは破格だと思うぜ。博徒《ばくと》とて、一宿一飯の恩義とか云うだろう。きみだって、少しはぼくのために働きたまえよ。第一、何もすることがないなんて、ぼくだったら退屈で死んじゃうね」

まくしたてられて、言葉につまった。何ひとつ、反論できなかった。

「さあ、手伝うのか、手伝わないのか」

「ああ、いいよ。どうせ、閑つぶしだ」

「では、さっそく頼みたいことがある。自動車のバッテリーは取り換えられるか？」

*

黛の自家用車は、目の覚めるような赤色のビュイックである。

怠け者のくせに、心太郎は意外と器用なところがある。大工仕事も機械の修理も電気の配線も自転車の修理も自動車の修理も庭仕事も事務も経理も、一通りのことはできる。ただ、それが収入に結び付いたことはない。器用貧乏というものか。

器用貧乏な者は、人に好かれる。重宝がられるのと打算的に扱われるのには違いはないのかもしれないが、ちょいちょいと小手先で仕事をすれば、ずいぶんと喜んでもらえる。人に好かれれば、心太郎自身も、いよいよいい気持ちになる。

この華美な自動車の修理は、気に入った。バッテリーの交換などは難しくないし、ガレージの戸を開け放して、広々とした芝生の庭や空を見ながら無心に機械と対峙するのは、面白い。

作業を終えてエンジンの作動を確認した。細工は流々、問題はない。

「…………」

ドラ息子の成れの果てである心太郎は、そういった者のためにあるような高級車の運転席に沈んで、しばしの陶酔を味わった。ハンドルを握り、別荘地なんぞを縦横無尽に疾駆する自分を夢想する。この自動車が生まれた国の、広大な景色を夢想する。

「心太郎くん、ちょっと」

出し抜けに声を掛けられて、驚いた。

黛が開け放したドアの横に居る。心太郎は、たじろいだ。美女に膝枕《ひざまくら》でもされているみたいに、脂下《やにさ》がった顔をしていたはずである。

「一緒に来てくれ」

来客だから、一緒に話を聞けという。どうして自分まで、と文句を云おうとして、別に聞きたいことがあったのに気付いた。

「逸子の駆け落ち相手がだれなのか、まだ教えてもらってない」

「そうだったね。お相手は、叔父上の書生で、正木《まさき》真一《しんいち》くんという人だ。——おや、きみと頭文字が同じだねえ」

黛はどうでもいい上に、あまり愉快ではない情報を付け足した。

「お客というのは、その叔父さんの息子。つまり、逸子嬢の従弟《いとこ》だよ」

玄関間を通るとき、客に同行して来た小間使いらしい娘の笑い声が聞こえた。厨房《ちゅうぼう》に通じる廊下で、ミネと雑談している。心太郎の視線に気づいて、振り向いた。娘は、どこか文化人形に似て、やけに彫りの浅い可愛《かわい》らしい顔をしていた。

「脂下がるな」

黛にからかわれて、心太郎はむすっと前を向いた。客間のドアは、開いていた。

逸子の従弟だという青年は、ぽつねんと待っていた。西洋白磁の紅茶茶碗《ぢゃわん》を前にして、居心地悪そうに背筋を伸ばしている。青年というよりは、少年のように見えた。実際に若いのだろうし、気の毒に思えるほどの童顔なのだ。

黛が部屋に入って行くと、従弟氏は慌てて立ち上がって会釈《えしゃく》をよこした。その目が、ちらりとこちらを向く。

「彼は、ぼくの手伝いをしてくれる牧野心太郎くんです。心太郎くん、こちらは逸子さんの従弟の渡辺東馬《とうま》くんだ」

握手などはせず、お互いに「どうも」などと口の中で呟《つぶや》いて、曖昧《あいまい》に頭を下げた。その動作のついでに、椅子に腰を下ろす。何かギラギラしたものを感じて顔を上げると、東馬青年が、怖い目つきで心太郎を睨んでいた。逸子に付いた悪い虫——同棲《どうせい》相手と知って、敵愾心《てきがいしん》を燃やしているのかもしれない。

「頼まれていたものを持参しました」

東馬は、マーブル模様の装丁をほどこした冊子を、差し出す。

「本家にあった、いっちゃまの日記帳です。だけど、いっちゃまはつまらないことしか書いてませんよ」

いっちゃまと、歯の浮くような呼び名を口にして、東馬は臆面《おくめん》もなく真面目くさっている。

「ぼくも、ぱらぱらとめくってみましたが、パーラーに行ったとか、シネマを観《み》たとか、お手玉をこしらえたとか、そんなばかりなんだもの」

「それで、結構です」

*

文化人形のような可愛い小間使いを後ろに従えて、東馬が帰って行く。少年と文化人形の後ろ姿は、ずいぶんと可愛らしかった。雨が降り出して、東馬がこうもり傘を開いた。後ろを歩いている娘に手招きして、二人で傘の中におさまった。微笑《ほほえ》ましい光景だ。

「きみの部屋は二階の端だ。さしあたって今日のきみの仕事は終わり。出掛けるなり、ラジオでも聴くなり、好きに過ごすがいいよ。もうじき、男爵の遣いが荷物を持ってくるだろう。足りない物があるなら、屋根裏でも覗《のぞ》いてみるといい」

黛は逸子の日記に見入っていて、顔も上げない。

「面白いのか」

「うん――そうだな」

実家にあったということは、心太郎と出会う前のものだろう。ならば、心太郎のことは書いていないのだろう。駆け落ち相手の正木真一とやらは、叔父の書生だとか。心太郎よりも古くから逸子を知っている？　前から恋仲だったのだろうか。だったら、どうして心太郎と暮らし出したのだ。

「そこに、何が書いてあるんだ？」

「きみが明日行く場所」

「パーラーとか、シネマとかか？」

黛はもう返答もよこさず、うるさそうに顔をしかめた。仕方ないので、自分にあてがわれたという二階の部屋に行ってみた。

大理石に絨毯《じゅうたん》を敷いたものものしい階段を上がって、薄暗い廊下の果ての洋間である。十畳間くらいの広さがあったが、調度が重厚なせいで、狭く感じられた。東側と南側に広く窓があるため、廊下に比べると明るかった。暖炉で細い火が燃えていて、ほどよく暖かい。柔らかそうな寝台と、書き物机、何も入っていない書棚、卓子の上にはラジオと山茶花《さざんか》の一輪挿しが載っていた。

寝台の端に腰を下ろすと、思わずため息が出た。案外とくたびれていたらしい。ラジオを点《つ》けると、淡谷《あわや》のり子の『嘆きの天使』が流れた。ぼんやりと耳を傾けているうちに、ふと寝入りそうになる。我に返ったら、歌は早口言葉みたいな無粋な男の声に変わっている。

――本日正午過ぎ、玉の井遊郭の外、通称お歯黒どぶで女性の遺体が発見されました。仰向けに浮かんでいた被害者の顔には、真っ赤なペンキが塗られており、またもや黒影法師出現かと、遊郭中が大変な騒ぎとなりました。警視庁の捜査によりますと、現時点で黒影法師の犯行と断じるのは早計であるとのこと。また、遊郭で働く二千余人の者たちの中に、行方不明者などは居ない模様です。続いて、次のニュースです――。

心太郎は布張りのスピーカーに視線を据えて、むっつりと聴いていた。悪臭を放つ黒い水に、こときれた女が浮かぶ様子を想像する。てらてらと、赤いペンキで光る、表情をなくした顔を想像する。

4

喫茶店にはドビュッシーが流れていた。

助手というからには、黛の後ろでメモ書きでもしていればよいだろうと思っていたのに、一人で放り出された。黛は黛で別行動をするので、「きみは、きみの受け持ちをしっかりと調べるんだよ」とのこと。

「よくわたくしにたどり着きましたわね」

女は灰青色の地に白い椿《つばき》を散らした小袖を着て、臙脂《えんじ》に鞠《まり》の模様を織り込んだ帯を締めていた。前髪をポンパドゥールに結い上げて、つるりとした額を見せている。手弱女《たおやめ》という言葉のままの、美しい女だ。

「逸子……さんが、日記に書いていた——らしいです」

「あら、いやだ。他人の日記を読むなんて悪趣味だわ。そもそも、日記にわたくしのことを書くなんて、逸子さんも間が抜けているのね」

加古《かこ》咲子《さきこ》は逸子より六つ下の十九歳だが、親友だと当人は云った。まるで暗号のごとく、ひたすら他愛《たわい》ないばかりの逸子の日記から、黛が読み解き推理し突き止めた人物だ。

「なぜ——」

同棲中も、逸子の人間関係は煙幕でも張り巡らせたみたいに、不明なことばかりだった。心太郎は、逸子の信条や人付き合い、物事の好悪も生活習慣もよく知らなかった。遊興も乱痴気騒ぎも、集まるのは心太郎の悪友ばかりで、逸子がだれかを呼ぶことはなかった。

「あの方は秘密主義ですの。それは、わたくしも同じ。わたくしたち、誰のことも信じておりませんのよ。でも、こんなことを申し上げたら、それこそ秘密を打ち明けたことになりますわね」

咲子は小さな声で笑った。心太郎はこの女を知らないが、咲子の方では心太郎をよく覚えているという。正木とのことも、別の恋人のことも、咲子は知っていた。

「逸子は今、どこに居るんだい？」

「それを知って、どうなさるの？」

「連れ戻しに行く」

「およしなさいよ。あの方、死神よ。あまり近付けば、あなたも危なくてよ」

「死神？　それは、どういう意味だ？」

「あの方と付き合う男性って、皆、死んじゃうんだから」

そんな話は聞いたことがない。元より、逸子は何も話してくれないのだが。それにしても、今まで逸子の秘密主義に気付かないなんて現実的ではないと思う。そもそも、秘密なんか最初からなくて、この娘の云《い》うことが妄想かもしれない。

「嘘《うそ》だと思うなら、調べてみなさいな。あなた、探偵の知り合いがいるのでしょう」

「そんなことまで、知っているのか？」

「わたくしと、逸子さんの間には境目がないのよ」

「どういうことだい？」

心太郎が投げた率直な問いに、咲子はまたもや理解出来ない言葉を返してよこした。

「掟《おきて》ですもの」

咲子は更なる質問は受け付けず、赤い小さな手帳を破ると、万年筆を走らせてからこちらに差し出した。可愛らしい文字で男の名前が二人分、書いてある。

「あなたが素敵な方だから、特別に教えるのよ。この人たちに、会いに行ってごらんなさい」

「きみとまた話したくなったら、どうしたらいい？」

翻弄《ほんろう》されるのも飽きたので、女誑《おんなたら》しらしい口を利いた。咲子は心太郎を見つめてゆっくり瞬《まばた》きしてから、紙片をもう一枚よこした。

「電話してくださいな」

「本当に、これできみに通じるの？　それとも、出鱈目《でたらめ》を書いて、からかってるだけ？」

「どうかしら？」

草履を履いた小さな足が、何の音もたてずに遠ざかった。鈴蘭《すずらん》の香りと、口を付けていない珈琲《コーヒー》が残された。

＊

逸子が死神だというのは、真実なのか。

勅使河原隆《てしがわらたかし》と木下譲治《きのしたじょうじ》。咲子に教えられた二人の男は、いずれも逸子の恋人だった。

そして、いずれも死亡している。

勅使河原隆は文士の卵だった。才能があったのかどうかはわからないが、気難しさと身勝手さは一流の芸術家並みだった。文筆以外の仕事で働くことを潔《いさぎよ》しとせず、したがって金はなく、逸子の金で生活していた。

「ありゃあ、人間の屑《くず》だわよ」

勅使河原をそう評したのは、例の黒影法師事件があったばかりの、玉の井遊郭の遣《や》り手《て》である。玉の井は私娼《ししょう》の街だから、吉原《よしわら》のような官許の遊郭よりお安い。つまり、格下である。

勅使河原が玉の井のさらに場末の銘酒屋（売春宿）を気に入って入り浸っていたのは、

財布の都合か、芸術家としての矜持《きょうじ》ゆえか。

ともあれ、冬は厠《かわや》の、夏はどぶの悪臭が立ち込めるぼろ家が、勅使河原の居場所だった。逸子はせっせと勅使河原の遊興費を支払い続けた。

（へえ）

心太郎は意外に思う。逸子は耐え忍ぶ恋に酔いしれるような女ではない。勅使河原はいたって気が小さく、そんな男の常で逸子への態度は横暴そのものだったという。

「逸子さんは、本当に気の毒だった」

庇髪《ひさしがみ》を結って、縞《しま》の着物から樟脳《しょうのう》の匂いをさせたこの老女は、年のせいで口紅が似合わなくなった口から金歯をのぞかせ、勅使河原隆をこき下ろす。

「しょっちゅう咳《せき》なんかしてさ、店の者にうつったら、どうすんだい」

勅使河原の咳は肺結核のせいで、結局それで死んだ。

「あの男が死んで、もう三年も経《た》ったんだねえ」

勅使河原が入り浸っていたのは、ブタ部屋なんてひどい言葉で呼ばれる三畳間で、死ぬとなったら、腐った畳が吐いた血で真っ赤になるほどの苦しみようだった。彼は態度の悪さで店のひんしゅくを買っていたから、高熱が出ようが喀血《かっけつ》しようが同情もされなかったが、最期《さいご》のときはさすがに放置できなくて医者を呼んだ。でも、間に合わなかった。間に合ったところで、一分の延命すらできなかったろうが。

「厄介払いさ」

「でも、逸子は何だってそんな男を――」

心太郎がぼやくと、遣り手は「ふふん」と鼻で笑った。

「男振りが良かったのさ。顔だけは、役者並み。にいさん、どこかあんたに似ていたよ」

「ふうん」

男振りが良かろうが、そんな手合いに似ていると云われて、嬉しいはずもない。

「それから後、逸子はここには？」

「さて、どうしたかね。幸せになってくれていると思うけど、そうじゃないらしい」

遣り手は、意味ありげな横目で心太郎を見た。

「そうして捜しているところをみると、あの子に逃げられたのだね」

心太郎は、勅使河原に顔は似ていても嫌われなかったらしい。居合わせた娼妓《しょうぎ》たちといっしょに素うどんをふるまわれた。遣り手の厚化粧とは逆に、日の高い時間の娼妓たちは素顔のままなので、若くないことや顔色の悪さが目立つ。

「旦那さん、男前だなあ。それだば、役者になれるべさ」

一人だけ年若の妓《おんな》に、しきりと東北弁で褒められた。

＊

木下譲治はジゴロである。

「ジョージが殺された後、逸子ちゃんはもうここには来てないよ」

木下が出入りしていたという酒場のバーテンは、先のすり切れた箒《ほうき》で店先を掃きながら、手も止めずにそう云った。逸子の居場所について知らないのなら、ここで「さよなら」と踵を返してもいいのだが、勅使河原の場合と同じように、木下の話も聞きたかった。逸子の前の恋人のことだ。今まさに、彼女に逃げられた——捨てられた心太郎としては、逸子の恋の遍歴を尋ねずにはいられない。それが、かさぶたを無理に剝《は》いで、まだ固まらぬじくじくした傷口を見るようなものだとしても。

「木下くんの話を聞かせてくれないだろうか」

「あんたは、何者だい」

「逸子のことが知りたい」

「そういうヤツが、ずいぶんと居るんだね」

気になる云い草だったが、それより肝心なのは木下譲治についてのあれこれである。

「ジョージは、人当たりが良くて、口がうまくて、おまけに育ちがよさそうに見えた。

それはあいつの努力の賜物《たまもの》で、上流社会の閑な女たちを引っかけようって魂胆だったわけだ」

木下の収入源は、引っかけた女たちが貢《みつ》いでくれる金品である。彼は一流のジゴロだった。おれより怪《け》しからん男じゃないかと、心太郎は内心で愉快になる。ところが、木下の悪には健気《けなげ》な志があった。

「あいつには、優秀な弟が居るんだ。ほかに身内はないから、弟の世話はジョージに回ってくる。弟を立派な人間に仕込むのが、ジョージの生きがいみたいなものだった」

だから、金を持て余す女たちを騙《だま》しても、良心の呵責《かしやく》など覚えなかったらしい。

「そんな女たちのだれかに、殺《や》られたわけか？」

「わからんねえ。あいつ、逸子ちゃんと付き合いだしてからは、金づるにしていた女たちとは縁を切ったんだ。まあ、それでも結局は、逸子ちゃんに養われていたわけだが」

交際している間、木下兄弟の生活費は、逸子が負担していた。ジゴロの木下が、逸子に操《みさお》を立てたのは見上げたものだが、ろくでなしには相違ない。

「逸子が貧乏でも、付き合ったかな」

「まさか」

バーテンは、非常識なことを聞いたみたいな顔をする。やはり、木下はろくでなしだ。

ならば、自分はどうなのだろう。あらかじめ家賃は折半だと云われたら、逸子の部屋に転がり込んだろうか。財布が心太郎持ちなら、逸子と居ただろうか。まさか。ない袖《そで》は振れないではないか。心太郎もまたろくでなしだ。

　木下が亡《な》くなったのは、理不尽な事件のせいである。

犯人は通り魔と目され、いまだ逮捕されていない。

「あの日は――」

ほぼ一年前だ。視界が利《き》かぬ薄闇《うすやみ》の夕刻、働くのをやめても夜行性の木下には、早すぎる時間帯――神田川《かんだがわ》に白くて膨れたものが浮かんでいた。水を吸って膨張した、木下譲治の刺殺体だった。

　事件前夜には、心太郎たちが立ち話をしているこの店に顔を出していた。それは、木下の習慣のようなもので、逸子もしばしば同行したものだったが、その夜は木下一人だった。

「風邪を引いたと云ってたよ。弟の試験が近いから、うつさないようにしなくてはって」

　それならば、風邪が重くならないうちに、養生して治すがいい。他の客に云われて、木下は逆らいもせずに早く帰った。一見《いちげん》の客だったが、木下とは話が合ったようだ。

――おまえこそ、子どもがこんなところで酒なんか食らってないで、とっととおっ母《か》さんのとこに帰りやがれ。

そう云って去ったのが、最後になった。

「子ども？　この店には、子どもが飲みに来るのか？」

「やたらと若く見えるヤツって、居るものだろう」

「若く見えるなんて、年増《としま》女相手に云う言葉だよ」

「ほほう。あんたも、年増女を相手にそんなこと云ってんのかい？」

バーテンは記憶の向こうへと、視線を上げる。

「ジョージは拳闘《けんとう》の心得もあって、暴漢なんぞに簡単にやっつけられるような男じゃなかったんだがなあ」

木下の死後、弟は篤志家《とくしか》の世話で、裕福な家の養子になった。

＊

気疲れした。

ほかならぬ自分の恋人の行方を調べているというのに、早くも音を上げて帰路についた。

木下の水死体が見つかったのと同じ、誰《た》そ彼時《がれどき》である。新宿二丁目の艶《つや》めいた騒ぎが、線路を挟んだ先に漠然と漂う。けれど、都電通りは不思議と人通りがなかった。走り去る電車の窓にさえ、乗客の影を認められなかったように思え、そんなはずはないと目を凝らした。

そのときだ。するどい音が聞こえた。

まるで雷鳴のようにさえ感じたが、実際には薄刃が空気を裂く、かすかな音だった。

それは外套《がいとう》をかすめ、二の腕にかすかな痛みが走った。

巨大な獣が襲ってきたような錯覚を覚える。

しかし、これもまた実際には、人間だった。黒服に黒いズボン、真っ黒な毛糸の正《しょう》ちゃん帽をかぶり、スペイン風邪のときによく使われたカラス天狗《てんぐ》のようなマスクをしている。小柄に見えるが、もしか女だとしたら大柄な方だろう。身のこなしから見て、年配者ではない。

判断できたのは、それくらいだった。

濃い殺気が、刃物より鋭くぶつかってくる。

父親の事件のときもひどく剣呑《けんのん》な目に遭ったが、命の危険などそうそう慣れるものではない。逃げるのがせいいっぱいだった。線路の砂利を拾って、相手の顔をめがけて投げた。

それが命中したかなど、確かめている余裕はなかった。

電車が近付いてくる。

通りの向こうから来た背広の二人連れが、騒動に気付いて騒ぎ出した。

再び切りつけようとする気配が、目撃者の出現にたじろぐのがわかった。この刹那《せつな》に逃げなければ、殺される。

心太郎は、わき目もふらずに駆けだした。

——あの方、死神よ。あまり近付けば、あなたも危なくてよ。

加古咲子に云われたことが、今になって胸に響く。

5

麻布の屋敷のそばに、濃灰色の自動車が停められていた。窓の中まで黒く見える。それが、どんよりとした瘴気《しょうき》を帯びているように感じられて、心太郎はつい顔をしかめた。よそさまの自動車に難癖をつけたがるほど、ひどく疲れているのだ。

屋敷の扉を開けるなり、広い玄関にへたり込んだ。

物音に驚いて見に来たミネが、腕の傷を見て仰天した。医者だ病院だ入院だと動転して大騒ぎするので、反対に心太郎が彼女を介抱しなければならないほどだった。

甘くした紅茶を飲んでようやく落ち着いたミネは、今度は意外な要領の良さで手当てをしてくれる。

「傷がくっつくまでは、お風呂に入れませんからね」

「それはいやだな。今日はくたびれたから、お湯につかりたいよ」

「だめです。これは応急手当ですから、やっぱりお医者に診せなくちゃいけませんよ」

駄々っ子と母親のような会話をしていたら、電話が鳴る。

電話機のある玄関間に駆けて行くミネのエプロンに、血が付いていた。やはりひどい怪《け》我《が》だったのかしらと考えていると、電話を終えたミネが戻って来る。

「逸子さんが、帰って来たそうです」

「え？　どこに？」

「品川のお屋敷にです」

そう云われても、心太郎は逸子の実家のことなど、何も知らない。

「先生が、心太郎さんにも来てほしいと云っているんだけど」

ミネが心配そうに云うが、ここは「来るな」と云われても押し掛けて行くべきだ。ただし、渡辺男爵をはじめ、逸子の家族は良い顔はするまい。昨日来た従弟にさえ、憎々し気な目で見られたくらいだから。

「そのことは、気にしなくていいと思いますよ。男爵さまは、お嬢さんが遊んでらっしゃる分には寛容なのでしょう。このたびは駆け落ちなどと、本気な真似をしでかしたので、慌《あわ》ててしまわれたのです」

「遊び、かよ」

「心太郎さんだって、気楽にお付き合いしていたんでしょ？　それとも、そのお嬢さんと結婚する気だったの？」

「うーん」

「そりゃあ、あなたの心持ちも、男爵さまのお気持ちも、穏やかではないでしょうけどねえ」

　ミネはエプロンのポケットから、黒い蝦《が》蟇《ま》口《ぐち》を取り出す。一円札を三枚、心太郎の手の中に押し込んだ。

「自動車は先生が運転して出てますから、心太郎さんは円タクでいらっしゃい。途中で傷が痛くなったり、気分が悪くなったりしたら、すぐに戻って来るんですよ。そんな跳ねっ返り娘の家出よりも、心太郎さんの怪我の方が大事件なんですからね」

　それが心太郎をないがしろにした娘だからか、それとも本当に反感を覚えているのか、ミネらしくない意地悪な云い方をした。今夜はカツレツですよなどと、やはり母親のようなことを云って、心太郎を送り出した。

＊

品川にある渡辺家の邸宅は、日本家屋に西洋館が併設された広大なものだった。成金の牧野家など、これに比べたら物の数でもない。父が付き合いたがっていたのは、こういう世界に棲《す》む連中なのだ。

（そりゃあ、片腹痛いってもんだ）

前に八百屋の爺《じい》さんに教えられたところによると、前身が公家《くげ》だった華族は懐具合《ふところぐあい》の淋《さび》しい者も少なくないのだとか。だとしたら、渡辺家は大名華族なのだろう。

かつての大名たちは明治維新で領地を手放すことになったものの、石高にふさわしい金禄公債《きんろくこうさい》を得ている。殿さま時代より収入は減ったとはいえ、もはや殿さまではないのだから、出費も大きく減った。こうして、大名家の子孫たちは、いまだに大金持ちで居られる。

心太郎の父は、守銭奴だった。金儲《かねもう》けのために、正義も人間性も捨てた。悪魔に魂を売ったようなものだ。それがたたき上げの限界である。それに引き換え、大名華族という連中は、天使のように歯がゆい思想を持っている。財産は、社会のために使うべし。心太郎には、それが尊くも腹立たしくも思える。

そもそも、大名華族の次男である黛なんぞ、経済観念など一片たりとも持ち合わせていない。――心太郎に呆《あき》れられるほどだから、筋金入りだ。そんな怠け者の贅沢《ぜいたく》三昧を思えば、人の道から外れてまで働き続けた自分の父が哀れに思えてくる。

「こちらです」

きょろきょろする心太郎を、案内の使用人が慇懃《いんぎん》にうながした。事務員のような、背広の男である。

案内された場所は客間ではなくサンルームだった。シルクを張った椅子に、逸子が座っていた。はすっぱな不良娘だとばかり思っていたが、こうしている姿はまことに品が良い。瀟洒《しょうしゃ》で広い空間の中、逸子はずいぶんと小さく見えた。

「牧野心太郎さまです」

心太郎が入って行くと、逸子はちらりと目を上げてこちらを見る。万感の気持ちがこもっているようにも見えたが、まったくの無表情にも見えた。深い愛情と、嫌悪《けんお》を同時に感じた。しかし、そんなことは心太郎のひとりよがりで、無味乾燥な一瞥《いちべつ》だったのかもしれない。小さな逸子は殉教者のように頑《かたく》なで、王女のように横柄《おうへい》だった。そしてどこかに、一緒にうどんを食べた玉の井の娼妓たちのような悲哀を秘めていた。

「そこに、掛けなさい」

自身は仏蘭西窓《フランスまど》の傍らで、腕組みをして立つ中年男性がそう云った。平服だが、軍人であることが一目でわかった。面立ちが、逸子に似ている。この人物が渡辺男爵だろう。

すすめられた長椅子の向こう端に、黛が脚を組んで座っていた。まったく快適そうに寛《くつろ》いでいるから、気が知れない。心太郎を見ると、顔の横に片手を上げて、五本の指を動かして挨拶をよこした。心太郎は、それを無視した。

「逸子さんは、正木くんと喧嘩《けんか》をして出てきたそうだよ」

黛は不謹慎でない程度に明るく云って、逸子の方を向き「ねえ」と声を掛けた。

「牧野くん、逸子が居なくなったのは一月《ひとつき》前だそうだね」

「は――はい」

心太郎は、逸子以上にきまり悪そうな声で答えた。

逸子と叔父の書生である正木真一との仲は、その前から始まっていた。あらためてそう聞かされると、心太郎の胸に悲しさと悔しさがわきあがった。ミネに云われたように、逸子と一緒になるつもりだったのかと、自分の胸に訊《き》いた。心太郎の自尊心は、おのれの問いにさえ反抗して、心は石のように硬くなる。こんな長い不在ではなく、一日二日と部屋を空けたときも、逸子はやはり正木とともに居たという。心太郎とて操なんぞ立てていたわけではないが、逸子とほかの男の話を聞かされるのは、まったく面白くない。

逸子がアパートに帰らなくなったのは、正木が主人である叔父の用で、広島に出張に出かけた時期と重なる。出張が長くなるので正木は知人の留守宅に逗留《とうりゅう》することになった。逸子はその間、正木とともに広島で過ごした。正木の出張が終わって東京に帰る段になっても、二人はいよいよ離れがたく、こちらでまた別の部屋を借りて同棲を始めた。正木は出張が終わった時点で、叔父の書生を辞めている。

「だったら、東京に居る必要もないだろう。遠くに逃げた方が見つからずに済むじゃないか」

　思わず、ふてくされた少年のような声で訊いた。逸子は相変わらず押し黙ったままで、代わりに黛が答えた。

「実際、そのことで、正木くんと喧嘩したんですよね」

　逸子は都会の女である。田舎はもちろんのこと、地方都市でさえ水が合わなかった。美術館、音楽会、最新の洋服、それらは逸子の骨肉であり、帝都に居てこそ味わえるものだ。

　ところが、正木は自分の故郷に引っ越そうと云い出した。引っ越して、家業を継ぐという。

　逸子は大反対したが、正木も譲らなかった。いつまでも遊び暮らすわけにはいかないんだよ。そう云われて、逸子は憤慨した。何が悲しくて、駆け落ちまでして不自由な生活を選ばなくてはならないのか。話し合いは諍《いさか》いに変わり、とうとう正木のもとを飛び出して来た。

（それで、実家に帰ってしまったのか）

心太郎と暮らしていた部屋は解約されてしまっているし、心太郎も居ないから仕方ない。

それでも、この屋敷に戻った逸子に対して、心太郎は心の奥で憤慨した。生家こそが逸子の帰る場所だったわけだ。正木との恋もまた、遊びだったのだ。

「正木くんは、岡山にもどるのかね」

渡辺男爵は、娘に向かって訊いた。穏やかな声だ。「ええ」と逸子は、蚊の鳴くような声で答える。男爵の目は、黛を見た。

「望くん、ご苦労だが、正木をここに連れて来てくれないか。弟はまだ腹を立てているようだが、このまま長の別れも不人情だ。いくばくなりとも、餞別《せんべつ》を渡したいと思うのだよ」

盗人《ぬすっと》に追い銭《せん》か。とんだお人好《ひとよ》しだ、と心太郎は呆れた。

男爵と同じほどお人好しの黛は、疑問も不服もなく立ち上がった。この男に使われている心太郎としては従わないわけにもいかないが、ここで逸子や男爵と一緒に待つよりは、どこだろうと息がつけるというものだ。

「わたしも参ります。アパートにご案内しますので」

逸子が毅然《きぜん》と立ち上がったので、その場に居る男三人はつい気圧《けお》された。

＊

逸子と正木の愛の巣は、心太郎との住まいに比べてずいぶんとマシな場所だった。三階建ての鉄筋造りで、正面玄関で靴を脱ぐのは心太郎の居たところと同じ要領だが、漆《しっ》喰《くい》の白壁は真新しく、通路も広くて清潔だ。

玄関で上履きに足を通しかけて、逸子が後ずさりした。

「あんたたちで、行って来て。あたし、外で待ってる」

「どうしたんだよ」

「いいじゃない。わかるでしょ。パパと一緒に居たくなかったから出て来ただけだもの」

さっきまでの借りてきた猫のような態度と打って変わり、ふてくされている。一緒に居たくないならなぜ戻ったのかと、絡《から》みたい気がしたが、やめた。

見慣れない男たちが建物に入ろうとしているのを見て、管理人が出てくる。茶色いコール天のズボンにくたびれたセーターを着た、五十年配の男だ。

「ああ、おじさん。この人たち、友だちなのよ」

もう引き戸の外に出ていた逸子が、心持ち大きな声で云ってにっこりとした。

直後、通路の奥からガタリと大きな音がする。

上《あが》り框《がまち》の辺りに居た三人は、一斉にそちらに顔を向けた。

「部屋、八号室だから」

そう云って逸子は憂鬱《ゆううつ》そうに前庭の方に歩き出した。管理人に尋ねると、八号室とは今の物音が聞こえた一階の突き当りであった。

逸子はここでも猫かぶりが上手《うま》かったようで、彼女の一言で管理人は心太郎たちのこともすっかり信用した。毛玉の出来た袖《そで》を抱えて「寒い、寒い」と管理人室に入ってしまう。

「正木は、おとなしく来ると思うか？」

「来るんじゃないかな。律儀《りちぎ》な男のようだから」

「で、やつには何て云うんだよ」

「男爵《だんしゃく》が餞別をくれるそうだよ、だけじゃ足りないかな？」

何気ない会話と何気ない足取りで八号室のドアの前に立ったのだが、その瞬間に変な緊張を覚えた。心太郎の脳裡《のうり》に、新宿の線路端の風景が浮かぶ。あの刃物漢《かん》に襲われたときの驚愕《きょうがく》と恐怖が、なぜか蘇《よみがえ》ったのである。同時に、甲高い悲鳴がドアの内側から響き渡った。

刹那、目を見合わせた二人は、同時にドアの把手を回そうとした。

施錠《せじょう》されている。剣呑な物音が、断片的に響いた。家具が倒れる音――瀬戸物が壊れる音――泣くように尾を引いたうめき声と怒号が続く。

「正木くん、きみ、大丈夫ですか？」

黛は、こぶしでドアを叩《たた》いている。窓の開く音が聞こえた。心太郎は管理人室に駆け込んで、物音に目を丸くしている管理人から鍵《かぎ》を借りた。

「早く」

三人三様に急《せ》かし合って、ようやくのこと鍵を鍵穴に入れる。

開いたドアから争うようにして押し入った先、六畳間は茶簞笥《ちゃだんす》と小さな本棚が倒されて、割れた食器と散らばった本の中に男が倒れていた。大量の血が部屋中を汚している。

「正木さん」

抱え起こした男を恐る恐る覗き込んで、管理人が絞り出すような声を出した。

「死んでいるのか――？」

心太郎の問いが終わらないうちに、今度は女の声が聞こえた。悲鳴である。

「逸子！」

声は、開いた窓を通して、前庭の方から聞こえた。

6

渡辺家のサンルームで、男爵は頬杖《ほおづえ》をつき、目ばかり動かして娘の逸子を、そして心太郎と黛を見た。感情の読み取れない目つきだが、逸子を守れなかったことを責められないだけマシだ。否《いな》。男爵は、ひどく腹を立てていた。その視線は、まるで鞭《むち》のように心太郎の良心を打ち据える。

「終わりました」

若い小間使いが、救急箱を持って立ち上がった。逸子の従弟にともなわれて、麻布の黛宅を訪れたあの娘である。

「ありがとう、カナ子」

逸子が声を掛けると、カナ子という娘は、やはりどこか人形を思わせる所作でお辞儀をして立ち去った。

「どういうことなのか、くわしく説明しなさい」

カナ子がドアの向こうに消えるのを待って、男爵が口を開いた。やはり、声に怒気がある。

「パパ、わたしが怪我をしたのは、この人たちの責任じゃないのよ」

逸子は、白い顔で弁明した。

心太郎が駆け付けたとき、逸子は地面にうずくまっていた。走り去る暴漢の後ろ姿がほんの短い間だけ見えた。アパートは高い塀に囲まれていて、逃げる者の姿をすぐに隠してしまった。倒れている逸子を置いて、犯人を追うという気は起きなかった。逸子に駆け寄る心太郎は、みすみす取り逃がした暴漢のことを思って歯嚙《はが》みし、同時にぼんやりとした違和感を覚える。しかし、そんなことは逸子を助け起こしたときには忘れていた。

逸子は腕を切られていたが、傷は浅かった。

逸子も心太郎も相手の人相をまるで見ていなかった。そのことが、渡辺男爵のいら立ちに拍車をかけている。

不幸中の幸いは、正木が命を取り留めたことだ。

出血は派手だったが、急所を外れていたおかげで助かった。すぐに男爵家が懇意にしている病院に運ばれて緊急手術となった。逸子はすぐにも駆け付けたいところだろうが、自分も怪我を負わされたとあれば、家から出るわけにもいかない。奔放なはずの彼女は、ここではおとなしく親のそばにとどまっている。

（この分別がましいお父《と》っつぁんの前じゃあ、いい子ぶるのが一番に安全というわけか）

しかし、今も視線一つに大変な威圧感を覚えた心太郎としては、逸子に心底から同情した。

ここで正木が死んでいたら、逸子の心中は当然のことだが、男爵の腹立ちを想像すると背筋が寒くなる。

（でも――本当に、そうなのか？）

娘が家を出て不良と同棲していても放置していた男爵だが、正木との駆け落ちには探偵まで雇った。正木が男爵の覚え目出たいはずはないのだ。餞別をやると云ったのも、恨み言のひとつも云って、二度と娘に手を出すなと釘《くぎ》を刺すのが目的だったにちがいない。だとしたら、正木がこの世から消えてくれた方が、男爵にとってはよかったのではないのか？

「きみが気を利かせて警察沙汰《ざた》になるのを止めてくれたのはありがたいが」

男爵は黛を見た。

「しかし、逸子まで襲われたとあっては、犯人を野放しにもできないぞ」

「そこは、おまかせください。どちらの犯人も捕まえます」

「正木を襲った輩《やから》が、行きがけの駄賃に逸子をも襲ったのではないのかね」

男爵は眉根《まゆね》を寄せた。柔和な態度の下で、視線の鋭さが増す。

「いいえ」

黛は、ただそれだけ答えた。

＊

夜半の病棟には、濃密な闇が沈殿していた。

見廻りする看護婦の持つ懐中電灯から、漏斗状の光が伸びる。その背後に残るのは、影すら落とさない墨のような暗がり。看護婦の履くゴム底の靴は、足音を立てない。けれど、今夜に限って靴底がきゅうきゅうとかすかに鳴った。入院患者たちを起こすほどの音ではないが、どうにも気になる。夜勤の見廻りは、どうしても慣れないのだ。ことに、今日のような、剣呑な事情がありそうな急患が運び込まれたときなどは。

あの患者を刺したという悪漢が、病院に忍び込んで来たらどうしよう。あの怪我人にとどめを刺そうと、刃物なんか持って暴れられたらどうしよう。先生はどうして、警察に連絡なさらないのかしら。こんな日に夜勤に当たるなんて、あたしは本当に運が悪い。早く詰め所に戻りたい。暖房の近くで、編み物を続けたい。

鉤針《かぎばり》を動かす感触を思い出すと、幾分気持ちが落ち着いた。頭の中は、編み物と熱いお茶のことで一杯になる。それでも半ば本能のように染《し》み付いた職業意識で、看護婦は常と同じく病室を廻り、すっかり寝入った患者たちの様子を一人一人確認して歩いた。

ようやく全室を見廻って、詰め所に向かう。階段の踊り場の手前に、患者と見舞客の休憩用に長椅子《ながいす》が置いてあった。昼間はいたって和やかな一角なのだが、真夜中の見廻りのときには、何やらいやな感じのする場所だ。以前、一緒に昼食をとっていた同僚が、怖いことを云っていた。

あの長椅子にはね、夜中になると人が座っていることがあるのよ。黒っぽく見える寝間着を着た男の人。その人はね、前にここに入院していた患者なの。街のチンピラね。喧嘩して、ナイフでザックリ――瀕死《ひんし》の大怪我をして、ここに運ばれてきたけどすぐに亡くなったんですって。そう、あれは死んだ人が座る椅子なのよ。

わざと低くした同僚の声が耳によみがえり、看護婦は思わずゾクリとした。

いやね。何だか、今日の急患みたいじゃないの。そう思った直後、彼女は短い悲鳴を上げて、凍り付く。

同僚が云ったのと、まさに同じ姿の者が、黒い長椅子の上にうずくまっているのだ。その黒い人影は、看護婦の上げた声に反応してゆっくりとこちらを向く。恐ろしくて身動きができなくなった看護婦に向かって云った。

「おや、ごめんよ。驚かしちゃった」

「いやだ。佐田さんじゃないの」

看護婦は腰が抜けたような声を出した。佐田良蔵は、先々週に足場から落ちて運ばれて来た大工である。病室で煙草《たばこ》を吸ったり、弟子に酒を差し入れさせたりの問題児だ。そのわりには剽軽者《ひょうきんもの》で兄貴肌なところがあり、患者仲間にも看護婦たちにも、案外と評判がいい。

「どうしたのよ」

「女房のこと考えてたら、寂しくてよ。眠れなくなっちゃってよ。看護婦さん、慰めてくんねえかなあ」

「馬鹿《ばか》ね。お断り」

寛容に笑って佐田を抱え上げた。妻を思って落ち込んでいたのは本当らしく、佐田はやけに洟《はな》をすすった。佐田さんのこと、お化けかと思ったじゃないの。冗談めかして云いながら、病室に送り届ける。

その後ろで、闇が動いた。

ぞろりぞろりと、看護婦と患者が去ったのとは逆方向に、足音を殺し息を殺して移動した。

漆黒のナリであったため妖怪《ようかい》変化のように見えたが、生身の人間である。黒いセーターに、黒い木綿のズボン、足には黒く塗ったズック靴を履いていた。カラス天狗のような黒いマスクで顔を隠しているため、人相は見えない。

その人物は自分を見咎《みとが》める者がいないことを承知していた。仕損じた仕事を成功させるまでは、決して下手を打つことはできない。仕事とは——敵を一人残らず消すこと。欲しいものを、この手に抱くこと。成功か、それができなければ——。

死ぬしかない。もはや、始めてしまったのだから。

その人物は、闇に馴《な》れた目で病室の名札を読む。

稲村仁兵衛——違う。

田中捨男——違う。

村田幸作——違う。

正木真一。ここだ。

舌のわきからにじみ出る唾《つば》をごくりと飲み込んだ。喉《のど》が鳴る。それが失策に思えて、束《つか》の間《ま》うろたえた。馬鹿な。だれに聞こえるものか。

病室は四畳半より狭いが、個室だった。大きな窓から月光が注いでいる。衝立《ついたて》、水差し、花瓶の花、背もたれのない木の椅子、小卓子、そして部屋の真ん中に白い寝台がある。

　正木は胎児のような姿勢で、こちらに背を向けて寝ていた。こんな姿勢ができるなら、案外と軽傷だったのかもしれない。そう思うと、むやみと胸がむかついた。今日は本当に、しくじりばかりだ。あの軽薄なヒモ野郎も、この身の程知らずの書生風情《ふぜい》も。正木を片付けたら、あの男にも死をもって思い知らせてやる。万死に値する、汚《けが》らわしい

——。

ナイフを振りかぶった。

気が昂《たかぶ》って、喉の奥が甲高く鳴った。殺気が炎のように立ち上る。それなのに、正木は身じろぎもしない。その背中に、刃《やいば》を振り下ろした。

——？

ナイフは手ごたえもなく沈む。

勢い余って前のめりに倒れたとき、ぱあん、ぱあんと、渇いた連続音がした。

同時に、頭上で電灯が閃《ひらめ》き、ぱっと明るくなる。かすかな火薬の匂《にお》いの向こう、洒落《しゃれ》た千鳥格子《ちどりごうし》のスーツを着込んだ栗毛の男が居た。

「……黛」

ナイフが切り裂いたのは、正木の体ではなく簀巻《すま》きにされた布団《ふとん》である。正木を殺す計画は失敗した。自分は待ち伏せされ、何もかもバレてしまった。驚嘆と恐怖が恐慌《きょうこう》を呼ぶ。呼吸がもつれて、片手で口を押えてよろめいた。

「やあ、東馬くん。待ちかねたよ」

黛が手にしているのは、パーティで馬鹿さわぎするときに使う、安っぽいクラッカーだった。細く切った色紙が数本、役目を終えた円錐《えんすい》の口から垂れている。

「犯人がきみだってのはわかっていたけど、そうやって驚く顔が見たかったんだよね。

本当はぼくの助手が、布団の代わりにここに寝ているはずだったのだ。ところが、彼はそんな危険な真似《まね》はしたくないと云う。自分だってきみに狙《ねら》われているんだから、ここで身をもって囮《おとり》になるのは、理に適《かな》っていると云ったんだけどねえ――」

黛はどうでもいいことをぺらぺらしゃべり出し、われに返った東馬は踵《きびす》を返してドアに突進した。

しかし、その逃走はほんの二歩で中断する。

目の前に差し出された何か硬いものに、額を殴られた。「ああ、ああ」と細い声を上げて、彼は倒れ込み、失神した。意識をなくす直前、彼は自分が次に殺すはずだった牧野心太郎が、景徳鎮の花瓶を持って立っているのを見た。

*

応接セットの長椅子に、黛と心太郎、東馬、渡辺男爵《だんしゃく》と長谷《はせ》川《がわ》院長が向かい合っていた。

ここは病院内にある応接間で、東馬はここに連れて来られる前に意識を回復していた。

当直の看護婦が、複雑な顔色で東馬の手当をした。いろいろと尋ねたいことも文句もあったようだが、湿布を貼《は》って包帯を巻くだけにとどめた。彼女の中では、剣呑な騒ぎに病棟の怪談の印象が重なって、犯人の若者がいよいよ恐ろしい存在に思えたらしい。

手当の後、黛はかねて待機していた男爵の元に東馬を連れて行った。犯人として突き出されたのが甥《おい》だとわかって、男爵は驚いている。

「どういうことなのかね」

「彼は逸子さんに恋をしていたのです」

黛は東馬の方を向いて「ねえ」と確認した。東馬は拗《す》ねたように顔を背け、そのせいで男爵と視線が合ってしまい、慌ててうつむいた。それがいかにも子どもっぽく見えて、心太郎はわけがわからなくなる。この青二才が正木を襲い、逸子を襲い、心太郎を襲い、それどころか黛の話では――。

「逸子さんの最初の恋人である勅使河原隆氏が、東馬くんの最初の敵でした。東馬くんは従姉《いとこ》への苦しい恋に悩み、すっかり神経が参ってしまうほどだった。つまり、恋煩《こいわずら》いですね」

黛は紅茶に口をつけ、「冷めている」と文句を云ってから、さらに飲んだ。

「当時、逸子さんは勅使河原氏に首ったけだった。勅使河原氏は紳士というにはほど遠い人物で、逸子さんは金づるにされ、虐待《ぎゃくたい》されている。それなのに、どう説得しようが、逸子さんは耳を貸さないんだ。さぞや勅使河原氏を呪《のろ》ったことでしょう」

そこでまた言葉を切って、東馬を見やり「ねえ」と同意を求める。

「呪っているうちに、勅使河原氏が病死したんです。東馬くんはこれを天啓だと思った」

「天啓？　呪いが通じた、という意味かね」

院長が呆れたように云《い》う。黛は顔の横に右手を持ち上げて、指をひらひらさせた。

「そういう非科学的なことではなく」

心太郎は、天啓とてあまり科学的ではないと思ったが、口を出すのを我慢した。黛にはそれが伝わったらしく、こちらを見て口を「へ」の字に曲げて見せる。

「恋敵が死ねば、片思いの苦しさは終わる」

心太郎と院長、そして渡辺男爵は目を見交わす。怪訝《けげん》そうなまなざし、嫌なことを聞かされるのを恐れるまなざしが、交差した。東馬はつむじがみえるほど、頭《こうべ》を垂れている。

「勅使河原氏に天罰が下り、東馬くんは救われた。ところが、心の平安は長くは続かなかった。逸子さんに、新しい恋人ができたんです」

黛は言葉を切って、心太郎を横目で見る。

「男爵の前で云うのもどうかと思いますが、お嬢さんはどうもならず者を好きになる癖をお持ちのようだ。してみれば、品行方正な正木くんなどは例外ですね」

勅使河原は、稼ぎのない三文文士。次の恋人は、女から金を巻き上げて暮らすジゴロ。

その次は一銭の稼ぎもない、ただのヒモ。そのヒモが、心太郎である。

「木下譲治くんは逸子さんと付き合い出してからは、ジゴロ稼業《かぎょう》をやめてしまった。それで、逸子さんに養ってもらうという体たらく。東馬くんの苦しみは、再び始まった」

占い師、精神科医、呪詛《じゅそ》を請け負うという怪しげな呪い師、催眠術師……。

苦悩する東馬が、救いや対処を求めた遍路を、黛は辿《たど》ってみた。そして、最後に行きついたのが、刃物屋だった。

「東馬くん、きみはそこでナイフを一丁買いましたね。鍛冶屋《かじや》が趣味でこしらえてみた、西洋風の洒落た代物《しろもの》です。苦悩のすえ、あの天啓を思い出すに至った。すなわち――」

相手の男が死んでしまえば、解決する。この短絡した結論は、人生の苦悩に耐性を持たない若者特有のものか。

「馬鹿を云っちゃいけない。若いからって、気に食わない相手を殺してばかりいたら、地上には人間など居なくなってしまうぞ」

院長がカイゼル髭《ひげ》を震わせて文句を云った。黛は「それは、そのとおり」と認める。

「でも、東馬くんは、やっちゃったんですよねえ」

木下が風邪で調子を崩したときを狙って、襲った。相手は拳闘使いとの触れこみだったが、苦もなく死んでくれた。斯《か》くして、逸子は二人の恋人を亡くし、死神のようだと陰口を云われることになる。東馬も再び幸福を取り戻したが、しかしまたもや長くは続かなかった。逸子が家を飛び出してしまったのだ。

「何があったのかは、知りませんけど」

「…………」

渡辺男爵は沈黙で答える。

「それからしばらく、逸子さんはボーイフレンドというものを持たなかったから、東馬くんは安心していられた。そのうちにこちらの心太郎くんが登場するわけだが、二人の付き合いはまださほど長くない。だから、心太郎くんは無事だったわけです。それに、逸子さんの心は同棲《どうせい》相手よりも、叔父上の書生に強く惹《ひ》かれていた」

三度目の殺意がわいた。手を下すとしたら、二度目の犯行となる。二人も殺《あや》めてもしも警察に捕まることになったら、死刑になるかもしれない。ためらっているうちに、逸子は正木と駆け落ちした。心太郎が転がり込んだアパートの場所は、本家の者に探りを入れて突き止めていたが、今度は逸子は行き先を告げずに逃げてしまった。

もはや打つ手なしと知った東馬は、いたく後悔した。好機ならばいくらもあったのに、それを逃した己の逡巡《しゆんじゆん》を悔やんだ。その分だけ、怨念《おんねん》は増した。

「実は第三の被害者は正木くんではなくて、この心太郎くんなのです。しかし、ぼくを手伝っていた心太郎くんが、聞き込みの帰り道で襲われたのは、物のついででしょう。心太郎くんは、さほどの強敵とは目されていなかったと思いますよ」

黛は東馬に向かって三たび、「ねえ」と同意を求める。

「逸子さんが渡辺家にもどったとき、東馬くんは敵の居場所を知ったのでしょう。彼は本家によく出入りしていたし、彼に忠実な人間も居たことでしょう」

「どういうことだね？　我が家に人殺しに通じたスパイが居ると云うのか」

渡辺男爵の目が鋭くなる。

「愚か者と邪悪な者の為《な》すことは、同じ結果となるものだ。東馬、おまえは愚かなのか、邪悪なのか。まさか、逸子のことまで手にかけようとするとはな」

「それは」

黛が口を開きかけたのを、東馬は目で制した。東馬はすぐに視線を落とし、蚊の鳴くような声で「自首します。警察に行きます」と云った。

「ああ、もはやそれより道はない」

男爵は視線を一同にめぐらせてから、頭を垂れた。

「わたしがこれから、責任を持って警察に連れて参ります」

それが幕引きの号令だった。

応接間に居た五人は疲れた動作で立ち上がり、なぜか揃《そろ》って窓の方を見た。厚いカーテンの隙間《すきま》から、明け方の光が漏れ始めていた。

＊

正木真一の居る病棟に戻り、しかし正木の見舞いもせずに、看護婦詰め所に向かった。一人で当直していた看護婦に向かって、黛が手招きをする。

「今日は恐ろしい思いをさせてごめんなさい。これをお詫《わ》びに差し上げます」

赤い布で装丁した、小さな本を一冊手渡した。看護婦は二、三度、瞬《まばた》きをして、驚いていることと、喜んでいることを伝える。頬が紅潮して、さっきよりも格段に美しく見えた。

「なんの本ですの？」

そう云って、表紙を開き、やはり嬉《うれ》しそうな当惑したような表情を浮かべた。黛は無言で満足そうに微笑《ほほえ》むと、踵を返して階段に向かった。慌てて後を追った心太郎が背中に問う。

「何の本だよ」

「編み物の教則本だよ。洋書だけど、図がたくさん載ってる。逸子さんの本棚から盗んで来たんだ」

呆れて文句を云いかけたときである。

階下から悲鳴と怒号が聞こえた。

疲労のせいで重たくなっていた足が、騒ぎに反応して勝手に動いた。

無音のはずの廊下に、二人の靴音が高く響いた。眠りを覚まされた患者が、松葉杖にすがって様子を見に現れたときには、心太郎たちは既に階段を駆け下りていた。

剣呑な物音はやんでいたが、その発した場所はすぐに知れた。不可解なことに、何色ともつかぬ、光とさえつかぬ光を、ぼうっと発しているように見えた。その錯覚は一瞬で消え、心太郎たちが駆け付けたときには、ただ電灯に照らされた惨劇の痕《あと》があった。渡辺男爵が、腰を抜かした格好で壁にもたれかかり、その視線の先に東馬が倒れていた。

心太郎は「うわ」と短い悲鳴をもらし、黛も絶句した。

仰向けに倒れた東馬が絶命していることは、確認するまでもなかった。

喉笛が切り裂かれている。顔が不自然な方向に捩《ねじ》れているので、傷の深さがわかった。切断された真っ赤な断面が見える。頭と胴体は文字通り、皮一枚でつながっているだけだ。そこからはまだとくとくと鮮血があふれていた。床も壁もガラス窓も、腰を抜かした渡辺男爵までもが、血まみれである。

心太郎は、おずおずと手をもたげて、東馬の顔を指さした。

びっくり箱でも開けたみたいに他愛《たわい》なく目を見開いた東馬は、顔一面がやはり赤い。しかし、それは自身の血の色ではなかった。そこだけやけに、てらてらと人工的な赤色が電灯の光を反射している。

赤ペンキだった。

「黒影法師だね、これは」

黛が血だまりの中に入り込んで、赤く塗られた顔を覗《のぞ》き込んだ。

＊

東馬は黒影法師の被害者として報じられたが、自首をするという当人の意思から一転、彼自身の罪は封殺された。

あの夜、長谷川病院の応接室に居た四人が口をつぐめば、そこで明かされた事実はなかったことになる。木下譲治の唯一《ゆいいつ》の遺族である彼の弟には悪いが、他家の養子となった今は、素行の悪かった兄のことなど暴《あば》かれて良いこともあるまい。まして、嫁入り前の逸子には、将来をフイにするほどの醜聞だ。

だから、四人は知らぬフリを決め込んだ。東馬の犯罪はなかったことにされた。

ただし、これまで黒影法師の餌食《えじき》になったのは、凶悪犯ばかりである。華族の血筋の坊《ぼっ》ちゃんが、裏で何をしていたのか、世間は盛んに取沙汰した。

その噂《うわさ》が聞こえなくなったころ——ほんの一月たらず後のことだが、逸子が小間使いのカナ子をともなってマユズミ探偵研究所を訪ねて来た。

「ほかにお客さまがいらっしゃるのかしら」

「そんなことないよ。なぜ？」

「外に自動車が停まっているから」

「ああ、黒っぽいヤツかい？　このところ、いつもなんだ」

「そう」

逸子は春めいた色彩の洋装だが、カナ子は喪服を着ていた。それは、渡辺家の使用人に支給されたお仕着せではない。

「昨日でお暇をいただいたんです」

カナ子は故郷の浦和町に帰るのよ、と逸子が言葉を補った。浦和町は震災の後で、東京からの移住者が増えて、ここのところめっきり垢《あか》ぬけたという。

「へえ、そうなんだ」

心太郎は、あいまいな笑い方をする。

「しんちゃん、お元気そうで」

「おまえも」

麻布の西洋館にすっかり居ついてしまった心太郎は、かつて恋人同士だった自分たちの変容を思った。逸子は客間に通されて、探偵の依頼客用の椅子に膝《ひざ》をそろえて座っている。カナ子は、台所でミネと洋菓子を食べているという。ここに呼べばいいのにと心太郎は云ったが、逸子はかぶりを振った。

「それでは、あの子も気づまりでしょう」

上手な作り笑いは、心太郎の知らない顔だ。

「だったら、あなたも、本当は気付いていたのでしょう？」

「カナ子のことですか？」

黛と逸子は、意味のわからない問答をしている。不思議そうな顔をする心太郎に、黛が説明した。

「逸子さんが凶漢に襲われた事件だよ。あの犯人は東馬くんではなく、カナ子さんなんだ」

「え？」

心太郎は小さく声を上げたが、まだ意味が呑《の》み込めなかった。

「あのとき、帰宅した逸子さんの話を聞いていたカナ子さんは、正木くんの居場所を東馬くんにご注進した。共犯とまでは云わないが、カナ子さんは東馬くんの協力者だった」

「人殺しの——？」

「人殺しだろうが、革命だろうが、戦争だろうが、カナ子さんは無条件で東馬くんの味方だ。なぜかというに、彼女は東馬くんにすっかり心を奪われていたから。つまり、惚《ほ》れた弱みさ。

　東馬くんは、さっそく恋敵を始末しに向かった。恋しい男というのは、従順な女にとっては生き方の手本でもある。それで、カナ子さんもまた恋敵を始末することにした。恋敵さえこの地上から消えたら、東馬くんの愛は自分のものになる——そう思い込んだのさ」

「だから、逸子を襲ったというのか？」

「ええ、そのとおりよ」

　東馬に似た黒装束で変装したものの、間近に対峙《たいじ》して相手がだれかわからないはずもない。逸子は、自分を襲ったのがカナ子だと知っていた。

「それからすぐ、長谷川病院に黒影法師が出て、東馬が殺されてしまったでしょう」

　そう云って、逸子は首をすくめて身震いする。

「あたしが因果を含める前に、カナ子が謝ってきたわ。でも、大変だったのよ」

　カナ子は取り乱し、東馬の後を追って首を吊《つ》ろうとしたり、手首を切ろうとしたり、それを止めるのに渡辺家の主従は気が気でなかった。そのことが却《かえ》って、東馬の死から皆の気持ちを守る緩衝材の役目を果たしたともいえる。

「結局、あの子は屋敷を辞めて、実家に帰ることになったの。今日、この足で省線に乗るんですって」

「親父《おやじ》さんは、どうしてる？」

「今は元気になって仕事に行ってるわよ。だけど、あのときは、参ってたみたい。あんなパパを見たのは、はじめてだわ」

さしもの陸軍大佐も、黒影法師の所業には心がもたなかった。凶賊の出現に関して、全《すべ》ての記憶が消え、それはいまだに回復していない。

「できれば、一生思い出さない方がいいんだろうな」

「そうね」

逸子は、素直に同意した。

「今日来たのはね、しんちゃんにお別れを云いたかったから。あたし、やっぱり正木さんといっしょに、岡山に行くわ。あっちで結婚するの」

このたびの事件が、婿《むこ》選びにうるさい家族にも、モダンガールの逸子自身にも、ショック療法の役割を果たした。黒影法師に身内を殺されたという一事は、この先も逸子について回る。ならば、正木と遠い地で平凡な幸せをつかむのが、一番だろう。

「そうだね。別の男との縁談となれば、先方はあなたのことを徹底的に調べるものね」

黛が同情気味に云うので、心太郎はそんなものなのかと思った。

「それに、あたしも東京での今までの暮らしをとるか、正木さんとの未来をとるか考えたら、今度は簡単に答えが出たってわけ」

逸子はそう云って、にっこりした。これまでさほど美人だと思ったことはなかった逸子が、このときはシネマのスターに見まがうほど、潑溂《はつらつ》と美しかった。どうせすぐに戻ってくるのさ。そう思ったが、黙って別れた。心太郎の短くて半端《はんぱ》な恋愛は、そのとき終わった。

第三話

文通ガール

1

「ジュン子が消えたんだよ」

そう云《い》って、田部《たべ》ナツは外套《がいとう》のポケットから出したシケモクに火を点《つ》けた。

新宿の場末にあるミルクホールの片隅、シミのついたいかにも安造りな卓子《テーブル》をはさんで、心太郎はナツの可愛《かわい》らしい顔を見る。

「消えたって？　故郷《くに》に帰ったとか？」

「不義理して捨てた故郷に、今さらどのツラさげて帰れるものかい」

いっぱしの渡世人みたいな口をきくが、今年で十九歳。陽の高いうちは神田にある洋品店で売り子をしている。気は利《き》くし愛嬌《あいきょう》もあるので、お客にも雇い主にも評判が良いが、実際のところは不良少女団の一員である。

ナツたちの縄張りは新宿で、夜になると似たもの同士がたむろする。不良集団のご多分に漏れず、警察に目を付けられているが、彼女らは集まって騒ぐだけだ。少なくとも、心太郎はそういう認識でいる。

ナツは外套を脱いで、赤いセーターの上から二の腕を掻《か》いた。いささか、わざとらしい。つい先ごろ、せっせと貯《た》めた金で、そこに毒蛇の刺青《いれずみ》をしたのだ。半袖《はんそで》の季節になったら隠せまいに、洋品店の仕事はどうする気だろうと、心太郎はよけいな心配をしている。

ジュン子も、やはり揃《そろ》いの二の腕に、しゃれこうべの意匠を彫った。彼女たちは、女学校でよくある『S』のようなものだ。まだ恋愛と好奇心の区別がつかない者同士の、ごく無邪気な同性愛である。もっとも、不良娘である二人とも、男を知らないわけではなかろうが。

「その刺青ってのは、どれくらいかかるんだ？」

いかにも訊《き》いてほしそうだったので、訊いてやった。

「高いよ。すごく」

ナツは得意げにニタリと笑った。そのすごく高い金を稼ぐために処女も貞操も見知らぬ男たちに惜しげもなく売り払ったとしても、ナツとジュン子が互いに幼い恋愛感情を維持していることとは矛盾しない。

「おまえたち、せっかくお揃いの彫り物したのになあ」

二人とも、この不良らしいお洒落《しゃれ》をキャッキャと喜んでいたが、思い返せば心太郎がジュン子を最後に見たのはそのときだ。

「あいつ、きっと男ができたんだよ」

ナツは怒った猫のように、低い声で云った。Sと恋愛は似て非なるものだから、本物の恋愛を相手に打ち明けることをタブーとしない。でも、打ち明けられた方は、面白くなかろう。

「ジュン子が、おまえにそう云ったのか」

「そうじゃないけど」

ナツは口をとがらせた。

「ジュン子のヤツ、学があるからさ。文通ガールなんてのを始めたんだ」

ジュン子はナツより年上の二十三歳。故郷に居たころは、小学校の代用教員をしていた。

「文通ガール？　なんだい、そりゃあ」

このご時世、なぜだか『ガール』と名のつくものが流行《はや》っている。

ステッキガールのお客は老若《ろうにゃく》の紳士どもで、一回五十銭で散歩の相手をする。円タクガールは、タクシーの助手としてくだんのガールが乗っていて、お客が望めばタクシーでそれなりな場所に乗りつける。いずれも売春の亜流だが、文通なんぞにガールがついてどうなるのかがわからない。

「一通五十銭なんかで、ラブレターでも書くのかい？」

「五十銭かどうかは知らないけど、まあ、そんなものらしいね」

手紙のやり取りで交渉を重ね、最終目的は接吻《せっぷん》かそれ以上のことか。ほかのガールに比べて、焦《じ》れったい。

「引っかけた男に、実は引っかかって、アバンチュールか心中か」

ナツは、芝居みたいな調子で云った。上体をねじって、背もたれに掛けた外套から二本目のシケモクを取り出す。どうしてだか、この娘が新品の煙草《たばこ》を吸うのを見たことがない。

＊

もう三月というのに、風花が舞っている。

麻布のマユズミ探偵研究所に帰ると、珍しく客が来ていた。洋装の中年婦人である。襟の大きな毛皮のコートに、男物のような中折れ帽を合わせていた。大きな耳飾りと厚化粧も相まって、似合わなければ年甲斐《としがい》のない奇抜さと陰口を云われるだろうが、よく似合っている。大層な美人で、下品の一歩手前まで強い香水の匂《にお》いをさせていた。モダンガールが束になってかかっても、ほほ笑み一つで木《こ》っ端《ぱ》みじんにしてしまいそうな、貫禄《かんろく》がある。

（う――浦川涙子《うらかわるいこ》だ！　本物だ！）

心太郎は目を丸くする。その婦人は、銀幕の大女優その人なのだ。

その浦川涙子を玄関まで見送りに出ていた黛が、彼女を「小母《おば》さん」と呼んだ。この大仰な屋敷や高等遊民らしい暮らしぶりに幾度となく呆《あき》れてきたが、心太郎は今度こそ本当に呆れた。本邦を代表する女優を「小母さん」と云ってのけるなど、なんたる無礼か。

小母さんは、睫毛《まつげ》の長い目で、じいっと黛を見た。

「頼んだわね、望さん。わたし、このままでは心配で心細くて、生きた心地がしないのよ」

「最善を尽くすとお約束しますよ、小母さん」

自分が浦川涙子ならば、黛なんぞの「小母さん」呼ばわりなど許すまいに。そう思って見ていると、婦人はこちらを向いた。束《つか》の間《ま》の探るような視線の後、咲きこぼれるように笑った。

心太郎が気の利かない青二才といった態《てい》で立ち尽くしていると、黛が助け船を出してくれた。この男はデリカシーというものがないので、助け船なんてつもりもなく、ただ平素の紹介をしただけなのかもしれないが。

「小母さん、彼はぼくの手伝いをしている牧野心太郎くんといいます」心太郎に視線を合わせて「こちらは浦川夫人。ぼくの親友のご母堂だよ」

「こんにちは――あの」

心太郎は気の利かない様子でまごまごと何事かをつぶやき、大女優は革の手袋をはめた華奢《きゃしゃ》な手を、貴婦人らしいしぐさでこちらに突き出した。これは握手をすればいいのか、西洋人のように口づけでもすればいいのか。迷っているうちに、彼女は憐《あわ》れむような視線を残して立ち去ってしまった。少なからず無礼な態度だったが、それもこちらの落ち度だと思わせてしまう。

浦川涙子の旦那《だんな》ってのは、子爵《ししゃく》さまだからね。お高くとまってるよ。子爵だか杓子《しゃくし》だか知らないけどさ、鼻につくんだよねえ。

牧野家の使用人たちが、台所仕事をしながら役者や歌手をやり玉に挙げて憂《う》さ晴らしをするとき、浦川涙子はそんな風に云われていた。半ズボンに開襟シャツ、頭を坊《ぼっ》ちゃん刈にされていたころの心太郎は、框《かまち》に腰かけ煮干しをかじりながら、女たちの無駄話を飽かず聞いていたものだ。

心太郎坊ちゃんは、活動写真に出て来る人なら、だれが好き？

ええとね、鞍馬《くらま》天狗《てんぐ》。

可愛い声でそう答えた無垢《むく》な心はどこへ行った。

（女優ともなれば、華族だって誑《たら》しこめるってわけかい）

憎まれ口を呟《つぶや》いたのは、涙子の高慢さが癪《しゃく》だったせいか。

「心太郎くん、ちょっと」

見送りから戻った黛は、手振りで客間に誘った。その部屋が心太郎の仕事場になっている。飴色《あめいろ》に艶《つや》めいた舶来物らしい書き物机が、心太郎の定位置だ。

「きみ、帳簿つけはできるかい。現金出納帳みたいなヤツ」

「ああ、まあ」

できる、と心太郎は答えた。無為徒食のろくでなしを通してきたが、実は器用なのだ。いずれも長くて一月《ひとつき》ほどだが、寺男もしたし宝石屋の小僧もした、なぜか会計士の手伝いが一番長続きした。最後は雇い主と口論になり、殴り合いになって辞めた。――諍《いさか》いの原因は仕事のことではなく、雇い主が奥方と心太郎の仲を邪推して、面白くないことになったのだ。

警察に突き出されたのは、それが最初である。思い出せば今でも腹が立つが、仕事は面白かった。数字を組み立てて、最後にぴたりと合うのが、幼少時に次兄に買ってもらった算術の絵本を思い出させた。

「それじゃあ、きみ、頼むね」

痩《や》せても枯れても探偵だから、元《と》より心太郎の特技は調査済だったのかもしれない。細工の美しい机の上に、領収書を綴じた状差しと帳面が用意されている。ほかにも、算《そろ》盤《ばん》にペンに砂消しゴム、ご丁寧に事務員らしい黒い腕カバーまで揃っていた。——探偵料をもらわないくせに、収入はあるらしい。

「浦川涙子が、おまえの親友のおっかさんだなんて、すごいな」

「あれは、方便だよ。浦川は全く嫌なヤツで、本当は親友どころか悪友ですらない」

「おれはね、おまえが浦川涙子と知り合いなのがすごいと云ったんだけど——」

浦川というのがよほど嫌いらしく、黛はこちらの話を聞こうともしない。

「ご母堂は、息子が主催する夜会を、阻止してほしいと云うんだ」

「夜会ってのは、宴会のことか？　何だか、意味がわかんない依頼だな」

「きみは今のところ、これにはかかわらないでいいから」

気のない仕草で机の方を示す。気に障《さわ》ったものの、何も黛といっしょに働きたいなどと思っているわけではない。さて、帳面の中に没頭しようと思ったら、ミネが顔を出した。

「お二人とも、お昼をすっぽかすなんて、珍しい。今日は寒いから、ビーフシチューを作ったんですよ。早くいらっしゃい」

「わあ」

二人は子どもみたいに喜んだ。

＊

昼食を終えて客間に戻ったが、黛はいっこうに依頼の仕事に取り掛かる様子がない。一人掛けのソファに沈み込んで、半端にしていたらしい読書を再開した。心太郎は命じられたとおりに領収書の整理を始めたが、なかなか集中できなかった。黛が本に向かって、しきりと文句を云う。これは犯罪だ傷害罪だ誘拐罪だ姦通《かんつう》罪だ不愉快だ、そんな調子だ。

いかにも「何を読んでいるのか」と訊いて欲しそうだったので、訊いてやった。

「『源氏物語』」

「それが、友だちの浦川ってヤツと関係あるのか？」

「聞いてなかったのか？　浦川は友だちじゃないって云ったろ。それから、本と仕事は関係ない。仕事にかかるのが億劫《おっくう》だから、前から勧められていた億劫な読書に逃避しているんだよ。酒と煙草をいっしょにやめるみたいなもんだ。酒が飲みたくなったら、煙草断ちしたつらさを思って紛らわす。逆も然《しか》りだ」

「好きな本を読む方がいいのに」

「強く勧められているんだ」

「だれから？」

「兄嫁さ。大層面白いとのことだが、今のところ痴情の犯罪みたいなことばかり書いてある。それなのに、探偵も刑事も出てこないから、犯人は野放しなんだ」

「義姉《ねえ》さんとおまえとじゃ、感性が違うんだろうよ」

　そもそも平安時代の官女が、探偵小説など書くはずがない。心太郎がそう答えたとき、またドアがノックされた。家政婦のミネが、依頼人が来たと告げる。

「今日は千客万来だなあ」

　千客万来ではなく二人目だが、心太郎がここに住み込んで以来、一人の相談客も来ていないのだから、確かに大繁盛《だいはんじょう》の様相といえる。黛は革製の栞《しおり》を丁寧に頁《ページ》にはさみ、心太郎に向かって一緒に話を聞くようにと云った。

*

　客を迎えに行ったミネが、再びドアを叩《たた》いた。黛を見やると、一度置いた本を再び読むフリなどしている。

（勿体《もったい》つけやがる）

　心太郎が最初にここを訪れたときも、黛は留守で代わりに録音用の蓄音機なんかが用意されていた。ひょっとしたら、あれも忙しいフリをしていただけで、どこかでこちらの様子をうかがっていたのかもしれない——などと思ったりする。

そして、心太郎は客に目を向けた。

「すみません——すみません」

その人物は、ひどくおどおどしていた。しきりと「すみません」と繰り返している。挨拶《あいさつ》代わりに謝るような性格なのだろう。加えて、この屋敷の美々しい構えは、無垢な平民を威圧するのに充分だ。

「何がすまないものですか。お客さまは、いばってらっしゃればいいんですよ」

案内して来たミネは、中年婦人らしい磊落《らいらく》さを発揮してそんなことを云うが、客はやはりぺこぺこと頭を下げた。

「ああ、でも、すみません——すみません」

顔立ちは整っているし、中年というには少し早そうだが、頭のてっぺんがうすい。アイロンの行き届かないワイシャツに、くたびれたネクタイを締めていた。精一杯の一張羅らしい黄土色のセーターは袖が毛玉だらけという風采《ふうさい》の上がらなさである。

「わたしは、三好竹士《みよしたけし》と申します。浦和町で高等女学校の教師をしております」

名乗りをあげるのも、罪を告白するがごとくの態度だった。この男が、どうやってマユズミ探偵研究所を探し当てたのかが不思議だ。

「ある女性に聞いたのです。いや、聞いたのではなく、読んだのですが。実は、ご相談したいのは、その女性のことなのです」

「その方は、ご自分の代わりにきみにここに来るようにと？」

黛が尋ねると、三好は驚いたようにかぶりを振る。

「彼女がここのことを教えてくれたのは、なんというか、世間話のようなもので――。今日わたしが参ったのは、彼女が大変なことに巻き込まれそうだと読んだからなのです」

「彼女というのは、あなたの恋人なのですね？　しかし、読んだから――というのは？」

黛が重ねて尋ねると、三好はとたんに顔を赤くする。

「恋人だなんて……。あの、彼女は、わたしの文通相手なのです。その手紙に……」

「なるほど。して、彼女の手紙に書かれていた、大変なこととは？」

一人掛けの椅《い》子《す》に腰かけた黛が、紅茶の湯気の向こうから云った。心太郎はちらりとそちらを見やり、三好に視線をもどす。二人に見つめられて、三好はひどく居心地悪そうに、自分の膝《ひざ》に目を落とした。

「人殺しが起きるかもしれないのです。彼女が、そう書いてきたのです」

三好は、床においた手提げかばんから、袱紗《ふくさ》の包みを取り出した。開くと、封を切った書簡の束が現れる。封筒の意匠は淑《しと》やかで、筆跡は若くて溌剌《はつらつ》としていた。

他人の手に触れさせるのがいかにも惜しそうに、しかし自慢げに、三好は手紙を差し出してくる。最初に黛が手にとり、読み終わったものから順に心太郎に手渡した。

2

前のお手紙から日数が経《た》ってしまいました。いろんなことを早くお知らせしたいと思いながら、机に向かうこともできないくらい、めまぐるしい毎日だったのです。いいえ、本当は何も忙しいのではないのよ。ただただ、心の休まる間がないのです。まるで荒れ狂う嵐《あらし》の大海を行く小舟みたいに、揺れて揺れて錐揉《きりも》みで落ちてゆくヒコーキのよう。この表現、いかがかしら。でも、決して大袈裟《おおげさ》なんかじゃあないのよ。

そう、とうとうあの人が家にやって来たのです。

安っぽい銘仙を着て、色町の遣《や》り手婆《てばば》みたいに髪の毛なんかを結い上げた、あの人が。女のくせして、煙草を飲むあの人が。煙草のせいなのかしら、あの人ってすごいガラガラ声なのよ。わたし、あの声を聞くと、怖くて身が竦《すく》むの。負けちゃいけないと思うのに、あの人の化粧の濃い顔を見ると、本当に怖くて仕方がないの。まるで、人間を食べた山姥《やまんば》みたいな色の口をしているんですもの。

それなのに、パパったら、あの人を見るとにこにこしちゃって、きみのくちびるは、金魚でもくわえたみたいだね、ですって。いい年して鼻の下を伸ばしてさ。

ねえ、考えてごらんなさい。ママが事故で亡《な》くなってまだ一年だというのに、こんな勝手なことってあるかしら。ええ、パパのことです。ママが居なくなっても、悲しそうな素振りさえしないパパのことです。わたしも、ねえさまも、裏切られた気持ちでいっぱいなのよ。学校に行っても、授業が頭に入って来ないわ。

ご近所のお寺で拾った紅葉を一枚同封します。三好さんは読書家でいらっしゃるから、栞に使っていただければ嬉《うれ》しいわ。この葉っぱを、あなたはどんなご本にはさむのかしら。

あなたの友　薗田《そのだ》風子《ふうこ》

＊

わが友、三好竹士さま。

ああ、お聞きくださいませ。

あの人が、婆《ばあ》やのマサさんを家から追い出したの。わたしもねえさまも、怒り心頭に発してますのよ。怒りで身が震えるなんて、三好さんはご経験がおありですか。

　ことの起こりは、あの人がママの持ち物を処分し始めたからなの。ママの嫁入り道具の鏡台やミシン、着物や洋服やお気に入りの花瓶やお人形や、そういうものを片っ端から捨てるんですもの。引き取りに来た屑屋《くずや》のおじさんまでが、びっくりなさってたのよ。

　それなのに、パパったら、例によって例の如《ごと》しなんです。新しいものをいくらでも買ってあげるからと、あのにこにこ顔。ママとの思い出がつまった大切なものでしょうに、惜しげもなく捨てちゃうなんて。

　わたしは悲しくて情けなくて、胸が張り裂けそうになったわ。ねえさまは怒って、パパに抗議したの。そしたら、聞いてください。パパがねえさまのこと、ぶったのよ。バチンッてすごい音がしたわ。ねえさまのほっぺたは、真っ赤に腫《は》れてしまいました。可哀相《かわいそう》なねえさま。泣き止《や》まないのが悪い、謝らないのが悪いと、蔵に閉じ込められてしまったんです。ねえ、三好さん、こんなこと許せて？　わたしはねえさまがあんまりお可哀相で、すっかり気持ちが悪くなって、寝込んでしまいました。

　わたしたち姉妹に同情した婆やが、屑屋さんに頼み込んでママのオルゴールと電気スタンドを買い戻したの。婆やのお金を使ってですよ。オルゴールはアメリカ製の、とてもハイカラなもの。電気スタンドは、赤い笠《かさ》がついて、とっても可愛らしいの。どっちも、いずれ、わたしたち姉妹がひとつずつ、もらうことになっていたものなんです。婆やはそれを知っていたから、屑屋さんに懸命にお願いして譲り受けたの。だけど、馬鹿《ばか》らしいわよね。元はうちのものなのに。

でも、そんなことで馬鹿らしいなんて云っていられないのです。

婆やがわたしたちのためにしてくれたこと、ママのオルゴールと電気スタンドを買い戻したことを、あの人が知ってしまったの。そうしたら、あの人、パパに告げ口をしたんです。そうしたら、ああ、そうしたら、パパが婆やに暇を出してしまったのです！

なんて、ひどいことを！

婆やがどんないけないことをしたと云うのでしょう。わたしたち姉妹が生まれる前から、うちで働いてくれてた人なのよ。その人が、わたしとねえさまのために、自分のお金でママのお道具を買い戻したからって、どうして追い出されなくちゃならないの。

ああ、三好さん。わたしたちは、こんな家に、いつまで居なくちゃならないのかしら。

悲しみの風子

*

三好さん、信じられないことが起きました。

婆やが死んでしまったの。

悲しくて、もう何も考えられない。

風子

*

先週、婆やのお葬式に行ってきました。婆やはお子さんがいないから、とても寂しいお弔いでした。甥御《おいご》さんが喪主をつとめられて、ご親族はその方と奥さまのお二人。会葬者は、わたしとねえさまだけでした。

婆やは海浜ホテルの近くで、自動車にはねられて亡くなったのだそうです。目撃者はいなくて、明け方に新聞配達員が道端に倒れているのを見つけたの。そのときは、もう息がなかったのです。

ねえ、三好さん。わたし、さっきからすごく筆が重いのよ。でも、どうしても書かなくては。だれかに、このことを知っていてもらいたいの。

わたしのママも、同じ場所で自動車事故で亡くなったのです。日課の散歩に出かけたのに帰って来なくて、わたしとねえさまと婆やの三人で探しに行ったの。そして、婆やがママを見つけたんだわ。

すっかり、同じなのよ。今度は婆やが、同じようにして亡くなってしまったの。

これって、偶然だと思いますか。

正直に云います。わたし、ママも婆やも、殺されたのではないかと思うのです。

この一行を書くのに、どれだけ時間がかかったとお思いになる？　でも、わたし、本当にそう思うんです。でも、実は最初にそのことを口に出したのは、ねえさまなの。そして、ねえさまはもっと恐ろしいことを云ったわ。犯人はだれなのかっていうこと。

ここまで読んで、三好さんはとっくにお気づきね。でも、わたしは書いてしまうのが怖い。

パパが、あの人と一緒になりたくて、あの人に唆《そそのか》されて、ママを殺してしまったのじゃないかしら。ねえさまに云われる前から、わたしだってそう思ってたわ。

ねえさまは、次はわたしたちの番だと云うのです。本当のことに気づいてしまったから、今度はわたしたちが始末されるのだと。

三好さんは、パパが実の娘にそんなことをするはずがないとお思いになる？　わたしだって、そう信じたいのです。だけど、ねえさまは断じて違うと云うのよ。だって、あの人にとって、わたしたちは邪魔でたまらない継子《ままこ》よ。殺した女の娘なのよ。やっぱり殺してしまいたいに違いないわ。パパはあの人の意のままに、ママを殺したくらいだから、わたしたちを手にかけたって、ちっとも苦じゃないって、ねえさまは云うの。

わたしは、よくわからない。いいえ、本当はわかっている。ねえさまの云うとおりだと、わかっている。だって、わたしだって同じように感じてるし考えているんですもの。

ねえさまは、こうも云ったわ。あなた、このままおとなしく殺されてしまうつもりって。もちろん、そんなのイヤ。だから、イヤだって正直に答えました。

よく云ったわ、風子ちゃん。ねえさまはそう褒めてくださいました。そして、声を出さないで、くちびるだけで笑ったんです。その顔がとっても怖かったのよ。わたしの頭の中にあるいろんなことよりも、ママにそっくりなねえさまの笑顔が、本当に怖かった。

何故《なぜ》って？

なんだか、すごく疲れてしまいました。きっとこの寒さのせいね。婆やのお葬式に出たことがばれて、今わたしとねえさまは罰として蔵に閉じ込められております。ここに入れられて、もう三日になります。学校にも行ってないのよ。昨日、新聞配達のおじさんが気づいていてくれて、こっそり様子を見に来てくださったの。次におじさんがいらっしゃったら、この手紙を託そうと思います。

わたしに何かあっても、いつまでも覚えていてくださいね。

風子

*

お返事、読みました。

三好さんの励ましだけが、わたしの支えです。ええ、決して短気は起こさないつもりよ。

わたしたちは、一昨日《おととい》暗くなってから、ようやく蔵から出してもらえました。新聞配達のおじさんが、わたしたちに同情して派出所のおまわりさんに話してくださったの。そのおまわりさんが来て、わたしたちが本当に蔵に閉じ込められているのを確認してから、パパに注意をしたみたい。

おまわりさんの前では、パパはひどくしょげていらっしゃったけど、その後でカンカンに怒っていました。とっても怖い顔だったわ。きっと、わたしたちの知っている優しいパパは、ママといっしょに、遠いどこかに行ってしまわれたのだわ。今家に居る同じ顔の人は、もうパパなんかじゃないと思えて仕方がないの。

短気は起こさないと書いたけど、ねえさまの方はそうはいかないのよ。おまわりさんに腹を立てていたパパよりも、もっと怒っているんですもの。そして、こう云うの。

やられる前に、やらなくちゃ。

どういう意味かしら。いいえ。わかっています。

わたしに三好さんがいらっしゃるみたいに、ねえさまにも親しいボーイフレンドが居るのですけど、ねえさまは蔵から出されて、さっそくその方と連絡をとったの。その方のこと、わたし実は、前からちょっと怖かったの。どこがということもないのですけど、何となく得体の知れないところがあるのです。以前、わたしこう思ったことがあるの。江戸川乱歩の探偵小説に出てくる悪漢なんて、普段はきっとこんな感じで普通に暮らしているんだわって。だから、今までだって、ねえさまがそのボーイフレンドと早く別れてしまえばいいと、密《ひそ》かに願っていたのです。

去年の五月に出た全集をお友だちから借りてすっかり読んだのだけど、ああいうぞっとする事件はお話で読むと心が躍るのに、実際に近くで起こるなんてことになったら、本当に本当に怖いのよ。

そうです。ねえさまがボーイフレンドと二人で計画しているのは、探偵小説みたいなことなの。それも、探偵の側ではなくて悪漢を演じようというのよ。わたしは懸命にとめたのだけど、ねえさまは取り合ってくれません。正義はわれにありよ、これは忠臣蔵と同じ敵討ちなのよと云うのです。

吉良《きら》上野介《こうずけのすけ》みたいに、首を取る気なのって、わたしは訊きました。ねえさまは、あのぞっとする笑い方をして、首を横に振りなさいます。そして、わたしのことを、単純な人ねェだなんて云うのです。

ねえさまは、ボーイフレンドに頼んで毒薬を手に入れたらしいのです。青酸カリだと云っていました。だけど、そんな恐ろしいものが、簡単に手に入るものなのかしら。それとも、ねえさまの恋人はやっぱり小説の中の悪漢と同じく、わたしなんかにはわからない悪の道にconnectionがあるのかしら。

ああ、三好さん、わたしはどうしたらいいの？

わたしを助けてください。お願いよ、三好さん。

無力な風子より

＊

手紙はそこで終わっていた。最後の手紙の日付は五日前、消印は昨日だ。

これを読んで三好はうろたえた。もはや、郵便などでは間に合わないかもしれない。

いっそ電話をしてみようかと思った。しかし――。

風子の父親は私大で物理学を教える教授だという。文通相手とはいえ、見知らぬ男が妙齢の娘に電話などしてよいものか。おのれの恋に目がくらんでいる最中の父親が、いっそう奇行に奔《はし》りはすまいか。

逡巡《しゅんじゅん》に逡巡を重ねて電話をしてみたが、どうしても繋《つな》がらない。交換手が聞き間違ったのではないかと何度も繰り返したが、三好が風子に教わった番号が間違っていたらしい。

深刻な事情だけに、恥や相手への迷惑も顧みず、似たような番号を組み合わせて試した。そのうちの幾度かはつながったものの、まるで別の場所に通じる電話だった。

「所番地はわかっているので、鎌倉《かまくら》まで行ってみようかと思いました」

三好がそう云うので、心太郎は封筒の裏を見た。すでに目になじんだ風子の文字が、海にほど近い住所を記している。

「しかし、行った先でもしや大事件が起こっていたら……。恐ろしくて身の竦む思いでいましたら、前に彼女が書いていたこちらのことを思い出したのです」

「どうして、警察には届けられなかったのです？」

無情な黛の物云いに、三好は「だって——だって」と口ごもった。心太郎は、それはそうだろうと思って、同情した。

中年に足を踏みいれた男が、女学生からの手紙を持って警察に行くのは、この期《ご》に及んでも躊躇《ためら》われる。反対に、もしもすでに事件が起きていて、通報の遅れを責められたら、踏んだり蹴《け》ったりだ。尤《もっと》も、父親の事件で連行されて拷問《ごうもん》された経験から、心太郎は警察と聞けば後ろ向きな反応をするようになってしまったのだが。

「ご安心ください」

黛は言葉どおりに自信ありげにほほ笑んだ。

「ここに居《お》ります牧野くんが、あなたに代わって風子さんの無事を確かめ、必要に応じて対策を講じます」

心太郎と三好は、同時に同じ表情で黛を見た。

「あいにくと僕は目下、別件を抱えておりますもので、手が回らないのです。しかし、この牧野くんは、当研究所でも一、二の優秀な人材です」

二人しか居ないのだから、一、二もあるまい。優秀も何も、ここに転がり込んでいまだろくに仕事などしたことはない。

「ところで、あの――」

三好は現れたときと同様、臆《おく》したように顔を伏せてから、上目遣いに黛を見上げた。

「あの――依頼の料金はいかほどでしょうか――」

風采を見るだに、裕福ではなさそうだ。心太郎は三好に同情を覚え、思わず似たような目で黛の方を見た。

「お金はいただきませんよ」

当然の事のように云う。三好への同情は一遍に消えて、心太郎の視線は非難がましいものに変わった。人が動けば金も動くのが、世の習いである。慈善事業も篤志家《とくしか》を気取るのも天晴《あっぱれ》な心掛けだが、心太郎にはかえすがえすも黛の鷹揚《おうよう》さが罰当《ばちあ》たりに思えて仕方ない。

「うちは研究所なのです。営利目的ではない」

「ということは――ここは公営の機関なのでしょうか」

「あははは。まさか」

　黛は世間知らずだから、まるで悪びれない。

「まあ、社会貢献事業の一端とでも、考えてください」

「はい――あの」

　散財を免れて安堵《あんど》したのも束の間で、三好の顔に不安そうな色がにじんだ。客として同じ経験をした心太郎には、その心の動きがよくわかった。金が担保でなければ、どうやって黛を信用したらいいのか。――尤も、心太郎が最初にここを訪れたのは、金がかからないと教わったせいだが。加えて、今回働くのは未熟どころか全くの素人《しろうと》である心太郎なのだが。

　してみれば、ただなのも当然のことだ。こんないい加減な者どもの前でしゃっちょこばって、頭を下げて、三好こそいい面《つら》の皮だ。

「安心してください。ぼくたちは、仕事を不首尾で終わらせたことなどありません」

　黛が清々《すがすが》しい笑顔で保証した。

3

ビュイックの運転席におさまり、心太郎は幾つかの考えを反芻《はんすう》している。

三好は（驚いたことに）自家用車で来ていた。麻布の屋敷のだだっ広い前庭に、磨き込まれたオートモ号の濃灰色の車体が悠然と（心太郎の目にはそう見えた）停められていた。オートモ号は国内初の本格的に生産された大衆車で、外地にも輸出された。三好が運転して悪いという法はないが、あのしょぼくれた男が自動車を所有しているというのが意外だ。

そういえば、これと同型の自動車が、しばしば近くに停められていたのを思い出す。外地にまで売りに出していたくらいだから、所有者は案外と多いのかもしれない。

心太郎は、自分の担任教師のことを思い出した。毛玉の付いたセーターと、猫背気味の背中が三好に似ていた。三好と違うのは、あの先生は安月給で両親と妻子を養っていたこと。自動車どころか、自転車さえ持っていなかった。

（まだ生きているかなあ）

高齢だったわけではないが、咳《せき》ばかりしていたから、今になって思えば、おそらく肺疾であったのだろう。授業の合間の面白くない冗談のことなど思い出したら、つい湿っぽい気分になった。慌《あわ》てて、三好当人に考えをもどす。

三好は女学生と文通をしているくらいだから、妻は居《お》るまい。金のかかる恋人が居るわけでもなさそうだ。住んでいるところも借家ではないようだから、案外と自由になる金があるのかもしれない。貧乏そうな姿は、浪費家ではないことの裏返しだ。

（だったら、オートモ号くらいは乗れるのかな。浦和から麻布までやって来られたのも、自動車があればこそだものな）

　さても、三好はよくぞマユズミ探偵研究所くんだりまで来たものだ。文通相手の風子嬢から教わったとのこと。この度の剣呑《けんのん》な問題によってではなく、他愛《たわい》ないやり取りの中にその話題が出たというのが、どうにも不思議だった。不可解でさえある。

　マユズミ探偵研究所を訪《おと》なうのは、かつての心太郎のような例外はあるものの、本来ならば浦川涙子のような華族仲間や金持ち仲間のはず。元からの知り合いでもなければ、華族の末息子の道楽稼業《かぎょう》など、知りたくても知りようがない。

　それなのに、風子はどうしてマユズミ探偵研究所を知っていたのか。鎌倉に住む女学生が、東京の探偵のことなど知っているのも奇妙な話だ。

　漠然とした思考を転がすうちに、自動車は鎌倉に着いた。風子の手紙に記された住所を探し当てるのはさほど苦労しなかった。海岸通りを東に行った、九《く》品寺《ほんじ》という寺を囲むようにある住宅街の中の一軒家である。海が近い。一度迷って、若宮大路から西に行ってしまった。風子の婆やと母親がその辺りで交通事故に遭ったという海浜ホテルを見つけて、ならば目的地は近いと思ったけれど、風子の居る薗田家は若宮大路を挟んで反対側に向かうべきだった。ともあれ、大した間違いでもなく、目指す家を見つけることができた。

（さて――）

東京からここまで思いがけず簡単に着いてしまったが、素人の心太郎にはこの先どうしてよいのやら見当がつかない。派手な自動車の運転席で、背もたれに上体をあずけて思案した。道中考えていた中学校の担任教師のことが、また頭をよぎった。

心太郎は、考え込むときのくせでぷくっと唇をとがらせて、自分の身なりを見下ろす。Vネックのテニスセーターの下に着こんだのは、白いシャツ、折り目のきっちりとしたズボンと、よく手入れしてあるが真新しいわけでもない革靴、そして助手席に放り出してある外套は、丈の短い毛織のステンカラーコートだ。

われながら好青年に見えるのだが、すべて黛のおさがりである。心太郎自身の服は、不良みたいだと云ってミネが良い顔をしないのだ。

輝くばかりの赤色のビュイックは少し離れた場所に隠した。この自動車もまた、金持ちのドラ息子みたいだからと、ミネに嫌われている。ミネの無難な価値観を基準にすれば、自動的に品行方正な人間ができあがるようだ。

門前で一度立ち止まり、冷たい海風を吸い込んだ。

訪ねた先が、手紙どおりに凄惨《せいさん》な事件現場になっていたら――。『ハムレット』の劇のように、毒殺と刃傷沙汰《にんじょうざた》の修羅場になっていたら――。ここまで来て二の足を踏むという法はないが、ここまで来る間にそれを考えなかったのは、いかにも分別の足りないことだ。

殺人事件が起きていないまでも、新しい妻の色香に我を忘れた父親が、また娘たちを蔵に閉じ込めるなどしていたら——。見て見ぬふりもできまいが、助け出して父親を警察に突き出すのも、大変な騒動になりそうだ。

えい、ままよ。そう思って、木戸を押し開けた。

薗田家は中流然とした平屋の日本家屋で、派手なところは一つもないが、庭も建物もよく手入れが行き届いて、いかにも快適そうな佇《たたず》まいだった。それこそ、ミネが高く評価しそうな堅実な人の息遣いが感じられる。

風子の継母は、手紙を読む限りでは、派手で遊び好きな女らしい。こんな具合に、住まいをこざっぱりと整えておくのは、随分と印象が違う気がする。そういえば、婆やが居たとも書いてあったが。

(婆やは、母親と同じ場所で、事故で死んだのだ)

ならば、新しいお手伝いでも雇ったのだろう。継母は、やはり家事など無縁な女なのだ。そう納得してみたものの、やはり違和感がある。その違和感の正体は、ふっと息を吸い込むうちに答えが出た。

風子がしきりと書いていた、あの蔵がないのだ。

そんないやなものは目に入れたくないのは元よりのことだが、情報の齟齬《そご》を正そうという気持ちは無意識のうちにも働く。それでしきりときょろきょろしていたら、背後から声を掛けられた。

「あなた、どちらさま？」

振り向くが誰も見付けられなくて、軽い恐慌《きょうこう》に陥った。慌てて視線を泳がせたら、ずいぶんと低い位置に老婆《ろうば》の顔があった。いかにも、古くから居る使用人らしいと感じたのは、心太郎自身が幼いころから古参の使用人を見慣れていたからだ。

しかし、ここの婆やは死んだはず。

「あのぼくは――」

口ごもると、老婆はいよいよ鋭い視線をよこす。

「婆や、どうしたの？」

棕櫚《しゅろ》の箒《ほうき》と木製の塵取《ちりと》りを持った、和装の婦人が現れた。やはり老婆のことを、「婆や」と呼んでいる。この家の主婦のようだが、だとすれば諸悪の根源である後妻というのが、この善良そうな女なのか。

「あの――。どちらさまですか？」

主婦は紬《つむぎ》の着物の上に着た毛糸のセーターの袖を、どこか気恥ずかしげに整える。微笑《ほほえ》ましくも、生活感のある服装を見ながら、心太郎の胸の内に算段が出来ていた。

「風子さんのお母さまですね。あなたは、婆やのマサさんですね」

「そうですが」

二人の女は、ほとんど異口同音に答えた。婆やの眉間《みけん》のしわは、いよいよ深くなっている。主婦はますますきょとんとしている。この二人が交通事故で死んだというのは、なぜか事実ではないらしい。そのなぜかというのが、わからないが。

「ぼくは、こちらのお嬢さんと――風子さんと文通をしておりました、三好竹士という者です。このたびは、お手紙のお礼を申し上げたくて、東京から参りました」

＊

三好と名乗った心太郎は、たちまちのうちに薗田家の一同の好感を買った。日曜日なので、娘二人に加え、大学教授の父親も在宅していた。家族の集う居間に通されて、善良そうなまなざしに囲まれる。父親は手紙の内容からは想像もできない柔和な人物で、陽子という名の姉娘も、両親の殺害を企てるようなあくどさとは程遠い。薗田家一同、手紙を読んで想像したのとは、まるで違う人たちなのだ。

あまつさえ、母親と婆やに至っては、生き返っている。婆やはさきほどの強い態度を詫《わ》びるように、お茶だコーヒーだ羊羹《ようかん》だ煎餅《せんべい》だと、カフェーの女給も及ばないサービスぶりだ。

その中で、まなざしに不透明な光があるのは、肝心の風子だけだった。黒目がちの可《か》愛《わい》い少女で、お下げ髪と手縫いらしいジャンパースカートのせいで、いかにも淑やかそうに見えるが、口角の上がり具合や目の動きに勝気そうな色がうかがえる。

風子は顔立ちも、雰囲気も、彼女を囲む家族よりは、別な人間に似ていた。不良友だちのナッツが不満をこぼしていたジュン子だ。ナッツの前から挨拶も仁義もなしに消えてしまった、文通ガールのジュン子に、この娘《むすめ》は似ている。——加えて、風子とジュン子には、文通という共通点がある。奇妙な偶然だと、心太郎は思った。

それにしても。

（全部、この娘の嘘《うそ》だったわけか）

善良な家族に囲まれ、嘘八百のメロドラマをこしらえて、大の大人が三人も雁首揃《がんくびそろ》えてだまされた。その腹いせでもないが、心太郎も「はい、さようなら」とも云《い》えない中で自分流の嘘を披露している。

「では、長野の療養所で？」

「はい。もう二年もおりました」

肺が悪かった担任教師から着想を得て、心太郎は胸を患《わずら》った病み上がりという役を演じることにした。医者にも匙《さじ》を投げられ、自分でも幾度も死を覚悟した。だけど、文通相手である風子の励ましの手紙で、どうにか前を向いていられた。東京に帰って来られたのも、風子のおかげだ。

かくも見目好《みめよ》い若者が悲劇的な病に倒れ、それを我が子が励まし助けたという作り話は、薗田夫妻にはまことにロマンチックに響いたようだ。この若者が生死を彷徨《さまよ》う姿を想像すれば、まるで西洋画に描かれた殉教者のように美しくもドラマチックだし、それを助けた風子は、常人よりも一段高い場所に居る天使のようではないか。

加えて、心太郎の素性がまた好ましい。子爵の末息子で、病が癒《い》えた今は父が代表を務める財団で働いている。

「して、どのような財団で？」

「鉱石の研究です」

心太郎は形の良い双眸《そうぼう》を、にっこりと細めた。——小学校の時分に、使用人の林蔵に連れられて、博覧会で鉱石展というのを見た。子ども心に、磨き立てた宝石には手が届かずとも、路傍の石ころ同然の気取りのなさで、透き通ったり、黄色や紫色をしていたりする鉱石の美しさに感動した。石ころなのにこんなに綺麗《きれい》だなんて、ひょっこり拾ったら大儲《おおもう》けじゃないか。守銭奴の血筋か、まだ幼いながらに、ケチくさいことを考えた。それが今になって閃《ひらめ》き、心太郎はぬけぬけと嘘の素材にしている。

「鉱石とはまた興味深い。三好くんも、さぞかし豊富な専門知識をお持ちのことでしょうな」

「いえ、ぼくなどサナトリウムから出て何とか身内に拾ってもらった厄介者です。財団の一員だと名乗るのさえ、おこがましいほどです」

「なんという会社なのです？」

そう訊《き》いてきたのは、姉娘だ。風子の手紙では親殺しも辞さない猛烈な性格だと書かれていたが、実際のところは内気そうで淑やかな少女だ。心太郎はそちらを見やってにっこりした。今度は、黛に悪口を云われている光源氏の真似《まね》をした。自分の美貌《びぼう》を充分に意識した上で、ただのお人好しを装《よそお》った無垢そうな笑みだ。問いをよこした娘は真っ赤になり、母親が出過ぎた発言を優しくたしなめる。

「これ、陽子」

陽子というのか。風子と陽子、いかにも姉妹らしい組み合わせだ。しかし、陰陽が逆のようだ。生まれてすぐに性格がわかるのなら、姉を風子にして、妹を陽子とするべきだったろうにと、心太郎は思った。

その風子が、一同をぐるりと見まわして、それから心太郎に視線を定めた。

「せっかく来てくださったんだもの。わたし、三好さんと二人で海が見たいわ」

客を独り占めしたいと末っ子にねだられ、家族は寛容にそれを許した。風子は無邪気に心太郎の手を取ると、外に出た。

連れて行かれた先は、由比《ゆい》ヶ浜《はま》海水浴場である。

暑い季節ならば海水浴客たちが集まるのだろうが、この寒空の下では人っ子一人居ない。砂浜と空と海があるばかりの風景は、もの悲しかった。ひっきりなしに波の音がして、それが結構な音量なのだが、音楽のように耳になじむ。

元は何の建物だったのか、木くずの塊のような廃屋が、ぽつんと砂の上にうずくまっていた。風が冷たかったので、二人は申し合わせるでもなく、その陰に腰を下ろす。うまい具合に、大きな流木が格好の腰掛けになった。

心太郎は笑顔でいたせいで疲れた頬の筋肉を手でこすってから、チェリーをくわえた。風でマッチの火がすぐに消えてしまい、風子が小さい手を翳《かざ》して手伝った。土地の子らしく風の扱いに慣れているのか、ようやく煙草《たばこ》に火が移る。

「結核の人が煙草を吸うのは、良くないんじゃない？」

風子は皮肉っぽく云う。

「あれは嘘だよ。きみの手紙の真似をした」

「あーあ」

風子は行儀悪く両足を投げ出し、同様に両手を空に向かって伸ばした。

「あなたみたいなハンサムが、文通相手だったらよかったのに」

そして、じっと心太郎を見た。責めるようでもあり、笑ってもいる。

「あなた、だれなの？」

「おれが三好じゃないってこと、バレてたんだ？」

「当たり前でしょ。三好さんは埼玉の人だけど、あなたは東京から来たって云ったもの。それに、鉱石の財団ってなんなのよ。三好さんは女学校の先生でしょ」


声に出して笑い出す。この娘はつくづく食わせもののようだ。心配して浦和町から自動車を走らせて来た三好も気の毒だが、東京から駆け付けた心太郎も馬鹿を見た。


「鉱石が好きなんだ。綺麗だと思わない？」

「知らない」


風子は楽しそうだった。背後の木くずの山がカサリと鳴って、二人で同時に頭をめぐらす。頭上で猛禽《もうきん》の鳴く高い声がした。心太郎はそちらを仰ぎ見て、紫煙を吐き出す。


「三好くんが、きみの手紙を真に受けて、ひどく心配しているんだ。それで、代わりに様子を見に来たってわけさ」

「あなた、三好さんのお友だち？」

「そうだよ」

「それも、嘘ね。あなたが黛さんなの？」


咄嗟《とっさ》に、心太郎は歯でも痛いように頬を撫《な》でながら、実はひどく驚いている。三好によれば、マユズミ探偵研究所のことを彼に教えたのは風子とのことだが、こんな慧眼《けいがん》を前にしては、ちゃちな嘘を続けるのも悪あがきのように思えてくる。

「きみは、どうやってマユズミ探偵研究所のことなんか、知ったんだい？」

「それは、まあ、いいじゃないの、黛さん」

「おれは、黛じゃない。黛の雇われ人で、牧野っていうんだ」

あんな変人と間違われるのは心外だとか、心太郎は口の中でぶつぶつと云った。

「名前は？　牧野、何？」

「心太郎。心に太郎だ」

「素敵な名前。あなたに、ぴったりよ」

正直な感想らしく、風子の顔が輝いている。喜んでもらえたのが嬉しくて、そんな自分がどこやら滑稽《こっけい》でもあり、心太郎はわざと難しい顔を作った。

「ありがとう」

「こちらこそ。家族の前で、手紙のことをバラさないでくれて、恩に着るわ」

「どうして、あんな手紙を書いたんだよ。びっくりするだろう」

心太郎が真顔で文句を云うのが、まさに狙《ねら》い通りだったようで、風子は得意そうだ。

「あれは、サービスよ。三好さんの手紙って、ひどく退屈なんだもん。さぞかし、刺激もないお金もない恋もない、つまんない生活をしてると思ったわけ。わたしが恋の相手になってやるのは遠慮したいけど、せっかく手紙を書いているわけだから、面白くしたいでしょう？」

「度が過ぎるよ」

心太郎は怖い声を出したが、風子は悪びれる様子もない。背伸びをしたかと思うと、まるで膝にでも乗らんばかりに身を寄せて、顔を近づけてきた。

「ねえ、キスしてくださらない？」

「お断りだよ。おれは光源氏じゃないから、年端《としは》のいかない小娘なんか、女性として勘定に入れないんだ」

「ああら、ケチくさい。ねえ、ご存知？　この由比ヶ浜って、静御前の産んだ赤ん坊が殺された場所なのよ」

頭の回転が速いのか、落ち着きがないのか、風子の話題はくるくると変わる。心太郎の頭に、泣くより抵抗の術《すべ》のない赤ん坊のしわくちゃな顔が浮かび、その泣き声を聞きながら赤ん坊を殺した者のいっそう無力な様子が浮かんだ。

「可哀相だね」

「東京からは、省線をお使い？」

「いや、あれで」

砂浜の尽きる場所に、赤いビュイックを停めてある。

「やあね、不良っぽい」

いかにも華族の御曹司《おんぞうし》が、我が物顔に疾走させているような車だ。今まで得意がって乗り回してきたのは、批判するのがミネ一人だけだったせいである。こんな小娘にまで呆《あき》れられるなら、いきがっている自分はとんだ道化ではないか。

「おれのじゃないよ。云ってみれば、そう、社用車だ」

「世の中って不公平よね」

風子は生きるのに飽きた年寄りのように、厭世《えんせい》的なため息をついた。

4

三好に手紙の真相を伝えて一件落着してから、内気そうな娘が麻布の西洋館を訪ねて来た。薗田陽子である。

赤い毛織外套《がいとう》のフードをかぶり、寒さで頬を上気させたたたずまいは、ミネには無上に好ましく見えたようで、常に増して親切に客間に連れて来た。黛は在宅していたものの、会うかどうか尋ねもせずに、外出の仕度をしていた彼を無理に椅子に戻す。

風子の件を終えて事務仕事をしていた心太郎は、驚いて目をぱちぱちさせた。シャレか冗談のつもりで袖《そで》にはめていた黒い腕カバーを外しながら、「やあ」と笑いかける。

風子の姉は、寒さで赤くなった頬をいよいよ赤くして、うつむいてしまった。

「先生、こちらは薗田家の上のお嬢さんだよ」

心太郎は黛に向かって、そう紹介した。二人のときは「おまえ」呼ばわりしているが、客が来れば「先生」扱いする程度の常識は心得ている。それでも、陽子の前では気取るつもりもなく、「ね」と親し気に念を押した。陽子の方は優男を相手に気安い態度をとるような擦れっ枯らしではない。顔を伏せたまま、消え入りそうな声で「はい」と尻切《しりき》れに答える。

「お掛けなさい、さあ、さあ」

ミネが抱えるようにして長椅子に腰かけさせた。

「こんなところまで、どうしたの？」

心太郎は、あくまで親し気に訊いた。

黛は一度着た外套を背もたれに掛けて、陽子を観察している。三好の依頼は心太郎に丸投げにしているが、鎌倉での首尾は報告を受けている。薗田家の上のお嬢さんが、食わせものの妹とは違っておっとりとした乙女だと聞いていたので、優しそうなまなざしを向けた。

三人に見つめられて、陽子はすっかり臆してしまう。

「今日は、どうしたんだい？」

悪いヤツにあったの？　おとうさんに叱《しか》られたの？　心太郎は猫なで声で話しかけた。

こりゃあ、筋金入りの人見知りだ。苛立《いらだ》たしい反面、何とも愛《いとお》しい。

「華族を初めて見たから、怖いんだね」

陽子が遠慮がちにうなずくので、可笑《おか》しくなった。

「おれも、華族なんてのはこいつが初めてなんだぜ。でも、別に角が生えてるわけでもなけりゃ、尻尾《しっぽ》があるわけでもない。なんだか、拍子抜けだよな」

そう云ってしまってから、「あ」と口を押えた。風子の前では化けの皮が剥《は》がれたが、陽子や両親にとって、心太郎はまだ結核療養所から出て来たばかりの品の良い若者のはずだった。

「いえ――。牧野さんのことは、妹から聞きました」

陽子はひどい痛みでも堪《こら》えるように、決然とした表情で顔を上げた。この娘にとって、初対面の人間と向き合うのは、それだけで胆力を要することだった。三人の大人たちは、懸命に笑顔を作りながら、陽子が話し出すのを待った。

「風子が、居なくなってしまったのです」

「え」

と、最初に云ったのは、心太郎ではなく黛だった。それを聞きながら、心太郎は自分の脳裡《のうり》に風子の行き場所を求めている。代わりに、ミネが「行き先の心当たりは？」と訊いた。

「まるで、わかりません」

陽子は再びうつむいてしまう。

「一昨日の午後に近くの郵便局に出掛けて以来、帰って来ないのです。家には何の連絡もなくて、父は一昨日のうちに駐在所に届けました。風子は活発な子ですが、悪い仲間と遊び歩くようなことはしません。だから、行き先の見当もつかないのです」

「三好さんと駆け落ちってことは――」

ないよな。心太郎は自分の思い付きをすぐに否定した。鎌倉で話を聞いたとき、風子は三好のことを好いてもいない様子だった。

――あーあ。あなたみたいなハンサムが、文通相手だったらよかったのに。

由比ヶ浜海水浴場で、無人の風景の中で風子がそう云っていた姿を、今でも正確に思い出せる。しかし、それならどうして、風子は三好と文通などしていたのか。

「一通につき二円で、請け負っていたのです」

「どういうこと？」

「妹がしていたのは、文通ガールというアルバイトなんです。東京ではステッキガールというのが流行《はや》っていると聞いたのですけど、妹の仕事は、それと似たようなもので――」

消えた不良娘のジュン子が、やはり文通ガールというのをしていた。風子とジュン子は縁もゆかりもないはずだが、どこやら似ていると感じたことを思い出した。消えたことまで似ているというのだろうか。これを関連付けるべきか、決めるのは早計だとして――。

家出をした？　誘拐された？　そんな背景があるなら、書置きなり、脅迫状なりがあるはずだろう。

「文通ガールとは、うまい商売を思いついたものだね」

黛が緊張感を欠いたことを云い出す。

「風子の書くものは、本職はだしですわ。この才能を無駄にするつもりはないと、よく云ってます」

「それで、文通ガールねえ」

心太郎は、呆れたようにつぶやいた。妹の肩を持ちたくなったのか、陽子はムキになる。

「あの子は、わたしと違って文才があるのです。人の心を動かす手紙が書けるのですわ」

「風子さんの手紙を、読んだことあるの？」

「いいえ。でも、あの子は学校の綴《つづ》り方《かた》で、いつも褒められるのです。賞をいただいたこともあるんですよ。それで得意になって、仏蘭西《フランス》語《ご》の小説を翻訳したりしているんです」

持ち上げたそばから、今度は「それで得意になって」ときた。姉妹は愛憎相半ばするというところなのだろう。兄に殺されかけたことのある心太郎には、わからないでもない。黛が、心太郎の胸の内を読んだのか、ちらりとこちらを見た。

「どうやって相手を捕まえるのだろう。まさか、少女雑誌の文通相手募集に投稿するわけにもいくまいし」

「それは、こちらです」

陽子は脇《わき》に置いたがま口型のハンドバッグから、折りたたんだ紙を取り出した。色気のない藁半紙《わらばんし》だ。見開き一杯に、がり版の細かい文字が刷られていた。ひどく読みづらいが、体裁は新聞を真似ている。右肩に少しだけ大きな飾り文字で『モダン通法』と銘打ってあった。

「これは、何ですか?」

心太郎は、小さな文字で埋め尽くされた紙面を見た。

「わたしと風子は、一つの部屋を使っているので――」

お互いの秘密には、気付かないフリをしている。自分はつまらない性格で（と、云った当人は、自分の言葉に傷ついたような顔をした）秘密もないが、活発な風子は恋文なんかをよく隠していた。否《いな》、隠したように見せて、わざと封を切ったものを机の上に放置したりする。

モダン通法も、そうした秘密の一つだった。ただし、こちらは風子も見せびらかすことなく、きっちり隠してある。それでも、一つ部屋で秘密など守れるものではなかった。

「実は、このモダン通法って、とても面白いんですよ」

「へえ」

この紙っぺらは、毎月上旬に、郵便で送られてくる。恋文と違って、封筒も宛名《あてな》の文字もいたって殺風景だ。差出人は東京からだが、いつも違う住所と名前が記されている。風子はこれを、鍵《かぎ》のかかる引き出しにしまっていた。その鍵は二人で使う小さな宝石箱の中に入れてある。

陽子が藁半紙に印刷されている内容を理解するには、かなりの時間を要した。眺めているうちに風子の足音がして、慌てて元に戻す。何日もかけてそれを繰り返し、ようやくモダン通法とやらが情報紙のようなものだと、察するに至った。

「確かに、情報紙だな。新聞の三行広告を集めたみたいな——いや、それにしては、いささか如何《いかが》わしい」

文通ガールの伝言板なる一角には、女性の名前と住所、そして各人の宣伝文句が載っている。いわく、文学青年希望、当方モガとの評判あり、デートは要相談接吻《せっぷん》一回までは基本料に含。

ほかにも、パーティの告知、貸し座敷の穴場情報、モルヒネを処方する医者の一覧、玉の井遊郭の娼妓《しょうぎ》番付、東京と近郊の高校ストライキ情報、心中におすすめの場所、ピストル売り〼《ます》など、常識人が見たら眉《まゆ》をひそめるようなことが盛り込まれている。そうかと思えば、ライスカレーの美味《うま》い店、『黄金バット』の結末予測など、他愛ない記事もあった。

末尾に、発行者のことが書かれていた。住所は神保町《じんぼうちょう》のビルの一角である。この怪しげな印刷物を拵《こしら》えている責任者の名は、月島《つきしま》イサクと記されていた。

「怪しいなあ」

そう云った黛は、口の端が笑っている。

「陽子さんも、こいつが怪しいと感じたから、お持ちになったわけですね」

「ええ」

「風子嬢の行動の中で際立《きわだ》っているのは、文通ガールという尖端《せんたん》的なアルバイトをなさっていたことだけだ。そうですよね」

尖端的というのは、一昨年に封切られた『尖端的だわね』以来の流行語である。

「家出にしろ、別の事情にしろ、手掛かりはほかにはない。あまり楽観的になるのは難しいが、妹さんを心配して一人でここまで来たあなたの優しい気持ちを、無駄にはいたしますまい。ここから先はぼくらに任せて、あなたは鎌倉にお帰りなさい。このミネさんが、おうちまで送り届けますよ」

傍らで聞いていたミネは「よろしいですとも」と請け合った。仕事という名目で鎌倉まで出かけられるとあって、嬉《うれ》しそうである。今夜と明日の食事について、あれこれと指図した。

「バタの置き場所はわかっていますね。卵は煮すぎると固くなりますからね」

「泊まって来る気なのかい？」

「当然ですよ。鎌倉に行くのですから。八幡《はちまん》さまを詣《もう》でて、大仏さまも拝まなければ――」

女二人が出掛けるのを見届け、黛は外套に腕を通した。

「ぼくは浦川夫人の仕事を続けるから、風子さんの方は引き続き任せたよ」

「任されても、どうしていいのかわからない」

心太郎が文句を云うと、黛は「それじゃあ、素人みたいだぞ」と呆れた。「素人みたいではなく、おれは素人だ」と返せば、「世話の焼ける男だね」といやな顔をする。

「まずは、モダン通法とやらの発行所に行ってみたまえ」

それでもビュイックを残して行ったのは、この自動車をとても気に入っている心太郎を思い遣《や》ってのことだろうか。あるいは単に、馬鹿《ばか》げて目立つ乗り物を使いたくなかったのだろうか。

＊

月島イサクという人物は、むさくるしい中年男だった。脂《あぶら》じみた髪の毛はずいぶんと散髪を怠っているようだし、痩《や》せた顔には一週間分の無精ひげが伸びている。元は白かったらしいスタンドカラーのシャツの上に、綿入れの半纏《はんてん》を着ていた。毛織のズボンだけは新しそうだったが、どうしたわけなのか丈が膝《ひざ》のあたりまでしかない。半ズボンだ。

　事務所は狭く見えるが、それでも八畳間くらいの広さはあるのかもしれない。資料なのか反故紙《ほごし》なのかわからない紙類が壁面を埋め、天井辺りまで積み上がっていた。その隙間《すきま》から洗濯干しのようなロープが伸び、写真やら漫画やら、紙くずとしか思えないものやらが、洗濯ばさみでとめてある。

　それらの異様さを圧して訪問者を更にこばんでいるのは、そこがまるで別の惑星ででもあるかのような、汚染された空気だ。汚染の元は、今もアルミの灰皿の上で燃えている煙草である。その悪い空気を、弦楽器の艶《つや》めいた音が振動させていた。

「サン・サーンスだよ」

　ドアを開けた心太郎をじろりと見上げ、しかし誰何《すいか》するでもなく、室内にある全《すべ》ての調度と比べて格段に高価そうな電気蓄音機を指さして、月島は云った。流れているのはサン・サーンスではなく、シベリウスの『トゥオネラの白鳥』だったが、心太郎はそのどちらも知らない。

「こちらのモダン通法は、文通ガールを紹介してくれると聞いて――」

「きみならば、そんな迂遠《うえん》なことをしないでも、交際相手を探すのに苦労しないだろうに」

分厚い眼鏡の奥で、三白眼が不機嫌そうに動いた。それでも、例の藁半紙の束を差し出す。心太郎は訪問の目的を告げないまま、椅子《いす》に座り込んで読み始めた。月島は見たとおりの変わり者のようで、心太郎の態度をとがめることもしない。

「恋人探しかね」

「ええ、何というか」

夢中になっているふりをして、曖昧《あいまい》にごまかした。

「ここのこと、だれに聞いたのかね」

「秘密です」

心太郎は即座に答えた。その返答が気に入ったらしく、月島は『購読申し込み書』というものを差し出してよこす。藁半紙を切ったがり版刷りの紙片だ。心太郎はそこに、でたらめな住所と名前を書いた。

「最新号が見たいのですが」

「いいとも。ほれ」

月島は心太郎の横に、顎《あご》をしゃくった。現物が積まれてある。心太郎はいそいそと、一枚を取り上げた。

「いっぱい書いてるなあ」

いわずもがなのことを云った。本当は、いっぱい書いてあるから、汚いと云いたかったのだ。毎月新しい号が刊行されているのに驚いた。これほどの奇々怪々な情報を、どうやって集めるのか。

「同志は大勢居る。情報が欲しい者と同じだけ、広めたい者も大勢居るのだ。われわれは形を持たない。いわば、情報のアメーバだよ」

月島は作業の手をとめて、敷島に火を点《つ》けた。

「新聞は死ぬよ。遠くない将来、新聞は死ぬ。ラジオなどは、いわずもがなだ。じゃあ、市民はどうやって情報を得たらいいのか。回覧板か？　駅の掲示板か？　まあ、いずれ新聞よりは信じられるようになる。ゼロの価値は、マイナスより大きいからな」

遠からず、報道は政治と軍部に握られる。月島は難しい顔でそう云った。

「だから、モダン通法のような情報紙を？」

「そういうことだ。われわれは、いずれ死ぬ新聞の代わりに、大衆のよるべとなる情報を提供しているんだ」

そのわりには、悪い情報が多いが。そう云うと、月島は灰皿の上で短くなった煙草を、口に持っていった。

「情報は情報だ。いちいち取捨選択はしない。文句があるなら、帰ってくれ」

「すみません」

心太郎は頭を掻《か》いた。

「文通ガールというのは、あなた方の発明なのですか？」

「そんなわけがあるか。うちは、情報を集めて発行する。そこに作為はない」

「じゃあ、これは？」

長文がつづってある一角を指さした。黒影法師の事件について、まるで見て来たように詳細でドラマチックな物語が展開している。

「それこそ、報道というものだよ。取材と投書を元に、斬新《ざんしん》な解釈と大胆な推理を加味して、まさに今進行している事件を生々しく伝えているんだ」

心太郎とて黒影法師の専門家ではないものの、一見して虚飾だとわかる箇所も散見された。黒影法師はいまだ逮捕されていないし、犯行は続いている。物語は尻切れに終わり、続いて『冥界《めいかい》に連れ去る自動車』という怪しい読み物が始まっていた。

「怪しいもんか。現実に起きている事件だぞ」

誰《た》そ彼時《がれどき》、濃灰色の不格好なセダンが、薄闇《うすやみ》の中から出現する。それが現れた後、周辺では必ず誰かが居なくなるという。誘拐事件と怪奇事件、二つの可能性を挙げて、元刑事と市井《しせい》の祈禱師《きとうし》の見解が続いている。

居なくなるという一事に、紙面を泳いでいた目がとまった。風子もジュン子も居なくなった。――しかし、いくら何でもこの記事のとおり人が消えたのでは、新聞もラジオもダンマリでは居るまいに。そんな報道は、心太郎の知る限り、ほかのどこでもされていない。

「ほら、これが続きだよ」

各種の募集の記事などよりも、こちらの方に力が入っているのだろう。心太郎が見入っているのに気付いた月島は、まだ削る途中のがり版を外して、原稿を差し出してよこす。

「…………」

濃灰色の不格好なセダンなるものが、挿絵として描かれていた。

「月島さん、これ――」

心太郎は眉をひそめる。相手の様子が変わったのに気付き、月島は目を輝かせた。

「オートモ号ですよね」

「きみも見たのかね」

心太郎は答えにつまった。自分はこの自動車を見た。確かに見たから驚いたのだが

――。

「これが現れると、人が消えるわけですか」

それは問いではなく、独り言だった。月島の机の上にある電話機に手を伸ばす。しかし、ダイヤルを回そうとした途端、月島に抑えられた。

「どこに掛けるつもりかね」

「鎌倉です」

「電話代がかかるね」

「お金なら、払いますよ」

月島を振り払って、心太郎は交換手を呼び出した。

5

陽子から聞いていたのは、薗田家ではなく二軒先の畳屋の番号だった。薗田家にはまだ電話が引かれていないため、急用の折にはその畳屋が電話を貸してくれる。薗田陽子に用があると云うと、畳屋は嫌がりもせず呼びに行ってくれた。

近所とはいえ駆けつけるのには時間が要るので、先に電話代は弁償すると云っておいてよかった。受話器を耳に当てる気配がして、聞き覚えのある細い声が「もしもし」と呼び掛けてくる。

「ぼくです。牧野です」

一種の怪人物である月島の前で本名を出したくはなかったが、電話口に呼び出しておいて名乗らぬわけにもいかない。気が急《せ》くために電話を借りてしまったが、外の自働電話（公衆電話）を使えばよかったとも思った。いまさら悔いても仕方ないので、話を続ける。

「つかぬことを訊くけど、きみは家の近くでオートモ号を見かけたことはない？　あ、オートモ号というのは――」

「知っています。自動車ですね」

「そう、黒っぽくて、いかついヤツ」

あります、という答えに、心太郎は自分で訊いておきながら驚いた。

「それは、いつ？　風子さんが――」

「ええ、一昨日《おととい》です。風子さんが帰らなかった日です」

そうか、と心太郎は虚《うつ》ろに云ってから、気を取り直して念を押した。

「だけど、そっちは観光客が多く来るだろう。自動車のことなんか、よく覚えていたね」

「夏みたいには賑《にぎ》わいませんわ」

陽子は、そう云った。実際、心太郎が訪れたときも、行楽客のお目当てである海岸は静かなものだった。受話器を置いた心太郎の中で、最前の胸騒ぎが不意に結晶した。

三好竹士の自家用車が、オートモ号である。

心太郎は風子に会う以前に、頻繁にこの自動車を見かけた一時期があった。黛の屋敷に転がり込んだころである。色も形も凡庸なこの国産車が、屋敷の近くによく停められていた。さして気にもとめずにいたら、やがて見えなくなった。今にして思えば、それはやはり濃灰色のオートモ号だったのである。

＊

三好の素性を浦和町役場に問い合わせたのは、新たに湧《わ》いた胸騒ぎのせいだ。

そうして判明したのは、意外な事実である。三好は二年前に教職を辞めていた。

自働電話の狭い小屋の中で、電話機の硬貨口に十銭玉を次々に落としながら、心太郎は学務課の職員の不明瞭《ふめいりょう》な声とあいまいな受け答えを、いらいらしながら聞く。

「はあ？　マユズミ？　何の研究所ですって？」

「マユズミ探偵研究所です」

心太郎は自分の身分を正直に名乗ったのだが、なにしろマユズミ探偵研究所など不審な上にも不審に聞こえる。先方は三好の退職の事実までは答えてくれたが、理由を尋ねても、現在の様子を尋ねても、「答えられない」の一点張りだった。心太郎が怪しまれたというよりも、教えてやる義理はないと思われたらしい。

　電話の声が遠くなり、しまいには切れてしまったので、心太郎は憮《ぶ》然《ぜん》として受話器を置いた。

　わからない、というのに心太郎は慣れていない。ほどほどに立ち止まって考えを整理するということが、まるで出来ない。つまるところ、探偵業に馴《な》れていないのである。

　心太郎はビュイックに乗り込んだ。長くなりだした陽だが、それでも西に傾いている。しかし、このまま宙ぶらりんな疑問を抱えて時間を浪費するのは面白くなかった。

*

　風子からの書簡に書かれた浦和町の住所には、思いがけない大きな屋敷が建っていた。随分と古いし、塀の外には冬枯れの雑草がしぶとく風に揺れている。塀の破れ目から見える庭も同様、ひどく荒れているが、細部まで金のかかった立派な構えだった。しかし、荒れ果てた様子は、まるでお化け屋敷だ。

　あるいは無人なのでは、という気もしたが、数寄屋門《すきやもん》の格子《こうし》越しにあのオートモ号が停められているのが見えた。家屋は二階建てで、庭の奥に土蔵と作業場のような武骨な建物があった。蔵までは雑草を踏みしめた獣道のような細道が出来ていたが、作業場は立ち枯れた高い草に覆《おお》われて、近づくのも困難そうである。

三好が在宅しているのなら、あちこちを徘徊《はいかい》しているオートモ号はおまえの車か、職業を偽ったのはどうしたわけか、風子を誘拐したのではあるまいなと問い質《ただ》したい気もしたが、やめた。いくらなんでも、そこまで無分別ではない。

ところが、情報は向こうからやって来た。とはいっても、三好本人が出て来て釈明をしたのではない。心太郎が屋敷を覗《のぞ》き込んでいるのを見て、声を掛けて来た者が居る。

「おたくさん、この家に何か用があるの？」

心太郎はひどく驚いて背後を振り返った。

五十年配の中年女が、さぐるような目でこちらを見上げていた。普段着で、手ぬぐいを姉さんかぶりにしている。腹のあたりが薄《うつす》ら汚れた割烹着《かつぽうぎ》を見ても、近所の主婦か女中だとすぐにわかった。電信柱のてっぺんに取り付けられた街灯が、主婦の目を悪賢い獣みたいに輝かせている。彼女はやけに親し気に、にたりと笑った。

「あんた、竹士さんの知り合いかね？」

「ぼくは、ここの家の人の知り合いの――知り合いで。彼女がちょっと帰らないので、いろいろと探しているんです」

心太郎は探偵にあるまじき正直さで答えた。まるで三好当人が乗り移ったみたいに、びくびくしてしまう。他人《ひと》の家をさぐるなどという、自分自身の疚《やま》しい行動のせいだ。

「女の人？　若い人？　ひょっとして、まだ子どもなんじゃないの？」

「え？　どうして、それを？」

相手が訳知り顔で眉根を寄せるものだから、心太郎はつい身を乗り出した。

あんただけに云うけどさ、と彼女は心太郎に耳打ちした。夜の始まりに他人の家を覗き込む者を、そんなに見込んでいいのかと思ったが、案外だれにでもそう云うのだろう。

「ここの竹士さん、学校を馘首《くび》になったのよ」

心太郎が眉をひそめると、主婦は得たり顔になる。

「わたしも、聞いた話なんだけど、女生徒に手を出したんだって。でも、これは確かな話らしいよ。だって、馘首だもの。それで、相手の女の子というのが――」

父親が東京の生命保険会社に勤めるサラリーマンだった。九年前の関東大震災で東京の住まいをなくしてから、一家でこちらに越して来た。父親は会社勤めのために東京にアパートを借りて一人住まいをし、母親も忙しい人なので留守がちだ。一人娘は学校の成績はさほどではないものの、目立つ存在だった。

「早熟だったのよ」

主婦は大変な悪事を暴《あば》くように、顔の筋肉をことさらに動かした。

娘の様子が可怪《おか》しいので、こっそりと後を尾《つ》けた両親が、ここの蔵で現場を押さえた。娘は三好によって服を脱がされている最中だった。今しも下着まではぎ取ろうとしているところを踏み込まれて、三好は逃げるどころか、金縛りにでもあったみたいに硬直した。町内会の男たちが同行したことと、父親の剣幕にすっかり怯《おび》えた三好は、一同の目の前で失禁するありさまだったという。

話は、すぐさま広まった。三好が教師の職を失うまでさほど日数はかからなかったが、そのときには噂《うわさ》に容赦なく尾ひれが付いていた。女生徒が懐妊していたという話まで流れ出して、被害者一家はもはやここに住んでいられなくなった。震災で焼け出されて十年も経《た》たないうちに、新天地まで追われた親子は、地元の大きな同情を買った。――親子が逃げ出さねばならなかったのは、彼らが思うさまに噂したせいでもあるが。

一方で、三好は今もここに居る。藩政時代からの分限者《ぶげんしゃ》で、三好家の者は食うために働いたことがない。両親は早く亡《な》くなり、祖父母と暮らしていた。彫刻家だった祖父は自分の作品にしか興味がなく、祖母はその反対であたかも鬼子母神のように孫を溺愛《できあい》した。

「だから、あんな人間になっちゃったんでしょうよ。この辺りで、娘を持つ親たちは皆、ビクビクもんだわ」

主婦は塀の中を透視でも出来るかのように、悪い目つきで睨《にら》む。そして、急にわれに返ると「いつの間に、こんな時間」と唱えた。すっかり陽が落ちていることに、心太郎もまた今さらながらに気付いた。

　主婦は斜めにこちらを振り返り、会釈《えしやく》をしながら小走りに消えた。それを見送った後、心太郎は三好家の門に足を向けた。

　枯草の向こう、一室だけ電灯が点《とも》っている。三好は在宅しているのだ。そうとわかっても、オートモ号の徘徊から急に噴出した疑惑を、当人に問い質す気は起きなかった。初手から嘘をつかれたのだ。何を訊いたところで、無意味だと心太郎は判断した。

　消えた風子と、裸に剝《む》かれた女生徒が、空想の中で一つのものとなる。文通ガールの風子が、冴《さ》えない三好を翻弄《ほんろう》していたのではなかった。三好が手紙を使って、毒牙《どくが》にかける少女を探していたのだ。そう結論付けたが、疑問は残る。

（どうして、あいつは探偵のところになんか来たんだ？）

　考えようとしても、歩行を邪魔する枯草と、風子の安否が気になって、明快な答えなど見つかりそうもなかった。蔵までは短い距離だったが、たどり着くまでは四苦八苦した。重たげな蔵の扉を前にして、心太郎は錠前が付いていないことを不審に思うのを忘れていた。実家の蔵になど近づいたこともなかったせいもあるが、迂闊《うかつ》ではあった。

　観音開きの重たい扉を片方だけ開けて、格子に金網を張った堅牢《けんろう》な木戸を引いた。

　中には明かりが点っている。黄ばんだ明かりは少しも揺れないので、それが蠟燭《ろうそく》の火ではなく、電球の光だとわかった。

蔵の中は、埃《ほこり》っぽいにおいがした。箪笥《たんす》や餅《もち》つきの臼《うす》など、もはや使われることのない重たげなガラクタが幾つか納められていたが、整然とも雑然ともしていなかった。蔵は空っぽに近かったのである。達磨《だるま》ストーブが盛んに燃えて、やけに暑い。

その熱気の向こうに、捜していた少女が居た。風子である。

風子は衣服をはぎ取られていた。裸だったのだ。

胸元を隠すために両腕できつく己の肩を抱き尻をゆかにつけ、三角座りをしていた。

密閉された空間はストーブの熱で夏のような温度に達しているのに、全身をわななかせていたのは、恥辱のせいか、恐怖のせいか。訴えるような目でこちらを見上げる。しかし、身じろぎ一つしない。動けば、体が見えてしまうためだ。

こんな姿にされているからには、すでに三好に暴行されてしまったのか。暗い怒りと同情と、間に合わなかった無念で、心太郎は思わず顔をしかめた。しかし、処女を奪われたのなら、血が流れずにはいまい。その血痕《けっこん》は、見当たらなかった。あるいは、教え子にしたのと同じように、裸にしただけで犯してまではいないのかもしれない。

心太郎は風子に着せるために、慌《あわ》てて外套を脱いだ。蔵の戸が開いていたのは、三好の油断ではない。裸にされた少女は、羞恥心《しゅうちしん》のために外に逃げることができないのである。

「これを着て」

外套を差し出したとき、首筋に人の気配を感じた。

気配の主は三好であるに違いないと認識するには刹那《せつな》の間しか要しなかったが、顔の前に差し出されたものから逃れる暇《いとま》はなかった。

それは湿り気を帯び、アルコールに似た匂《にお》いがあった。

認識できたのは、そこまでである。

6

意識をなくしたという認識すらなかったが、目を覚ますと床に倒れていた。

どれほどの時間が過ぎたのか。明かり窓から光が煌々《こうこう》と注いでいる。

床板にたまった砂ぼこりが、ざらざらと肌にささった。そう感じて、違和感を覚える。

どうして床の塵《ちり》が皮膚にささるのか。

目玉だけ動かして、横たわる自分を眺め、思わず顔をしかめた。心太郎もまた、着衣をはぎ取られていた。下着まで脱がされた格好で、床に転がっていたのである。

「あの野郎」

起き上がって辺りを見まわしたが、三好の姿はなかった。頭を動かしたはずみで、めまいに襲われた。頭に手を当てて小さくうなる。視線の先に風子が居た。やはり裸のま、さっきと同じ姿勢で痛ましそうに心太郎を見ている。

心太郎は彼女が肌を覆えるものがないかと辺りを見渡し、めまいに加えて頭痛が始まるのを覚えた。思わず頭を抱える。

「無理に動かない方がいいわ。あなたが嗅《か》がされたのは、病院で使う麻酔薬なんですって。なんとかエーテルっていうそうよ。わたしも使われたから――」

風子は幾ばくか、普段の調子を取り戻したように、平素なしゃべり方をした。やつれているし、声がかすれてもいるが、さっきよりは生気がもどったように見える。助けに来た者が敵の手に落ちたばかりだが、味方が近くに居るというのは、理屈はどうあれ安《あん》堵《ど》の材料になるのだろうか。

「きみ――大丈夫？」

心太郎の危惧《きぐ》を読み取った風子は、白い顔で痛々しくほほ笑む。

「大丈夫よ――服を脱がされただけ。わたしも同じ薬で気を失ってたけど、どこも痛くないから、たぶん大丈夫よ」

正体を失《な》くしているうちに強姦《ごうかん》されたわけではなさそうだ、という意味だ。恥ずかしいことを云《い》わせて悪かったと思い、口には出さずにうなだれた。謝ったりしたら、逆に風子を傷つける気がしたのだ。

風子はまなざしを優しくして、「大丈夫よ」と念を押した。こんな状況だというのに、風子の表情には多福ともいえるような穏やかさがよぎった。

「何があったんだ？」

問われた風子は、腕を抱えた手に顎を近付けて、暗い顔をした。

「あの人に、電話で呼び出されたの。勤めている学校で誤解を受けて、馘首《くび》になりそうだって云うのよ。いつのことだったか忘れたけど、その日にわたしがあの人と一緒に居たと、アリバイを証明してほしいと云うの」

「誤解って？」

「女生徒に乱暴したって。相手が嘘《うそ》を云っているって。そりゃあ嘘だって、わたしも思ったわ。だって、あの人にそんな度胸なんてあると思う？」

「…………」

「でも、嘘じゃなかったみたいね」

風子は顔をしかめた。三好のことは、あの人としか云わない。名前を口に出したくもないということらしい。三好が自分が起こした過去の不祥事を、風子を誘い出す口実に利用したのは明らかだった。それを今、彼女に告げてみたところで、気持ちを傷つける以外に効果もなさそうだ。

「あの人、自動車で鎌倉まで迎えに来たのよ。すごく困っているみたいだし、いいわよって云ったの。そして、自動車でこっちまで連れてこられた。でも、学校や警察ではなくて、この家に来たから、変だと思ったの。それで、問い質そうとしたら、さっきのあなたみたいに、麻酔薬を嗅がされて――」

失神している間に、裸にされて蔵に入れられていた。

風子は鬱憤《うつぷん》を振り払うように頭を動かし、そして短い悲鳴を上げた。その引きつった顔を見てから視線を辿《たど》る。高い位置に穿《うが》たれた明かり窓の外に、三好の顔があった。逆光になっているせいもあり、それは邪悪によどんで歪《ゆが》んで見えた。

「きゃ」

風子は恐怖に耐えられず、体を隠すことも忘れて心太郎にしがみつく。図らずも、抱き合う裸の男女は旧約聖書にある最初の夫婦を思わせた。二人を見下ろす三好は、いかにも悪魔のように醜い。それが、まるで鏡でも見せつけられるように、三好自身にも察せられたのだろう。影になった顔はいよいよ暗く、目ばかりが異様に光って見えた。

＊

明かり窓から三好の顔が消えた後も、二人はぺたりと腰を抜かした格好で、そのまま互いを抱き合っていた。心太郎は昨夜嗅がされた麻酔薬の効き目もなくなったと見え、頭痛や目の回る感覚がほとんど感じられなくなっている。

「蔵の戸は、まだ開いてるのかな」

心太郎が云うと、肩にもたれていた風子の顔が上がった。目に不安が浮かぶ。

「きみは、ここに居てくれ。おれは、助けを呼んで来ようと思うんだ」

「いやよ！」

風子は鋭く叫んで心太郎にしがみついた。二人で居る分には羞恥が消えてしまったのか、形の良い乳房が心太郎の胸に押し付けられる。すがるような目で見つめられ、心太郎は怯《ひる》んだ。風子は平気なのかもしれないが、裸の少女に抱きつかれて、心太郎は身の内が火照《ほて》り出している。

「一人で残されるなんて、耐えられない」

「じゃあ、きみも行く？」

「馬鹿云わないで！　お願いよ、ここに居て頂戴《ちょうだい》」

未練がましく布の一枚もないものかと頭を巡らせる視界に、まるで手品のように男の姿が立ち現れた。三好だ。窓から覗いていたときより、いっそう黒ずんだ顔が、激しい感情で歪んでいる。三好は、彼自身が衣服をはぎ取った男女が抱き合うさまを見て、烈火のごとく怒っていた。

「離れろ！」

喚《わめ》く。その手にピストルが握られているのを見て、風子は短い悲鳴を上げた。いっそう心太郎にしがみつくので、三好は大股《おおまた》に近づいて来て、心太郎のこめかみの辺りを強く蹴《け》った。

心太郎は堪《たま》らず倒れ伏し、それでも胸中では安堵する。三好は嫉妬《しっと》で錯乱状態にあるように見えるが、ピストルを使わない程度には理性が残っているらしい。

しかし、どうしてピストルなど持っているのか。軍人や警察官でもなしに、あるいはヤクザやギャングでもなしに、簡単に手に入るものでもあるまいに。

（…………）

モダン通法のどこかに『ピストル売り〼』と書かれていたような気がする。文通ガールと知り合ったのは、やはりモダン通法のおかげだろうから、ピストルもそこから買ったのか。そもそも、ピストルなどいくら出せば買えるものなのだろう。教師の職を失っても、そんなに自由に使える金があるのだろうか。いや、犯罪を思い立ったら、銭金の分別などあったものではない――。

心太郎がそんなことを考える間にも、三好は喚き続けていた。

「何をしたり顔をしていやがるんだ！　白けた態度を取りやがって！　おれを馬鹿にしているのか！　この女はおれのものだ――おれのものだ――おれのものだ！」

風子の二の腕を掴《つか》んで引きずり上げると、ストーブの傍らにある火掻き棒を拾う。それで風子に手荒なことをするのではと、心太郎は戦慄《せんりつ》したが、案に相違して三好はそれを風子の細い手に握らせた。

「この男を打て！」

「…………」

風子は喉《のど》の奥で、悲鳴を上げる。それが一層、三好を逆上させた。風子の腕をねじり上げて揺さぶる。そして、銃口を少女の頬に突き付けた。

「打て！　この男を打て！」

打て、打て、と三好は絶叫した。

観念した風子が、火掻き棒を胸の前で握って、まるで自らが打たれたみたいに痛そうな顔をした。そして、三好に強要されたとおり、振り下ろす。

黒錆《くろさび》にまみれた細い鉄の棒は、咄嗟《とっさ》に身をかばった心太郎の背中を打ち据えた。三好の口から嬌声《きょうせい》がはじける。

打て、打て、打て、打て——。

哄《わら》う三好の両眼から、涙が噴き出ている。

火掻き棒が空を切る音が鳴り渡り、それはたちまち耐え難い痛みとなって心太郎を襲った。痛みは火花のように、目の前に散る。その幻視のはざまから、実際に飛び散る血が見えた。皮膚が裂けている。痛みは、骨の損傷までも危惧させた。何もそんなに本気で叩《たた》かずとも——。そう思って見上げるが、風子もまた錯乱していた。見開いた目には、悲嘆とは違った光が宿っている。心太郎はゾッとした。このままでは、殺されると思った。しかし、逃げ出そうものなら、風子がこれと同じ仕打ちを受けるに違いない。

打て、打て、打て——。

三好は何かの発作にでも襲われたように、繰り返し叫んだ。風子の呼吸音は、運動選手のような気合いに変わっていた。そんな中だったから、三人ともが、近付いて来る人物の足音にも気配にも気付かなかったのである。

淫靡《いんび》で残酷な修羅場に、一瞬だけ強烈な光が降った。

三人は三様に動きを止め、やはり同じように目だけを動かして光源を探す。

「はい、おしまい、おしまい」

視線が焦点を結ぶ先に、黛が立っていた。裸の二人や涙と鼻水を噴出させた三好に比べ、憎らしいほど小粋《こいき》なナリをしている。手には、新聞記者が持つような、丸いフラッシュバルブを取り付けた写真機を持っていた。

「きみ、いつまでもそんな恰好《かっこう》をしていないで、いい加減に服を着なさい」

黛は風子を見て云った。そして、視線を心太郎に向ける。

「この男の着る物も返《や》してくれ」

三好は絶叫するのを止め、腰が抜けたように座り込んでしまった。風子が泣き声をあげて、黛に走り寄った。

「助けて！　わたし——わたし——」

「きみを助ける必要はないでしょう。もうお芝居は、やめなさい。今回だけは警察沙汰《ざた》にせずにいてあげるから、さあ、早く彼の服を返すんだ。あまり聞き分けがないと、この写真をご両親に見せるよ」

その瞬間、風子の顔が別のものに変わった。頼りなげだった目に力がもどり、鼻の上に怒った犬のような皺《しわ》が寄る。弁明の声は、怒号となった。

「わたしは被害者なのよ。この男に誘拐されて、こんな姿にさせられたのよ！」

「服はきみが自分で脱いだんでしょ。きみが三好くんに、そんなことをさせるはずがない。なぜならば、主犯はきみなのだ。三好くんは、きみの下僕に過ぎない。彼はきみの指図どおりに動いていただけだ」

情けないありさまとなった三好を見下ろし、黛は「ねえ」と云った。

「風子さん、誘拐されて手籠《てご》めにされかけたのは、きみではなく、うちの助手だ」

*

ビュイックは三好が別所沼の方に隠していたので、そこまで行くのに苦労した。火搔き棒で殴られた怪我《けが》が、脈打つように痛む。

　ようやく乗り込んだ車の中で、黛は竹の皮の包みをよこした。握り飯が三個、ちんまりと並んでいた。鮭《さけ》と梅とおかかだよ、ミネさんにこしらえてもらったんだよと、黛はのんきな声で云った。

「風子さんは、きみに熱烈に恋をしていたんだ。モダン通法とは関係なく、初手からうちの研究所のことを知っていたのだろう」

「え？」

　心太郎は握り飯を頬張りながら、黛の横顔を怪訝《けげん》そうに見た。ハンドルを握る黛は、一瞥《いちべつ》もよこさない。心太郎は不満げに握り飯を咀嚼《そしやく》した。

「こないだまで、会ったこともない娘だぞ」

「きみのことだから、街で無責任に声を掛けたり、親切にしたりしたんだろう。あの年頃の娘は、恋愛に関してはいつも臨戦態勢だ。きみは惚《ほ》れられて、ずっと監視されていた。普通ならば淡い初恋といったところだろうが、彼女はちょっと情熱的過ぎたみたいだね」

　ビュイックは刑務所の建物を左に見ながら、省線の線路に近い大通りへと向かう。

「三好が手紙の剣呑《けんのん》さを案じてうちに来た――もうそこから、風子さんの筋書きが始まっている。三好は共犯だから、もちろん、手紙が嘘だというのは知っていた。彼もまた芝居をしていたわけだよ」

　麻布に現れたときの、三好のおどおどした様子がまぶたに浮かんだ。

　黛がこの一件を心太郎に任せたとき、三好は——その報《しら》せを受けた風子は得たりと思ったことだろう。黛まで絡《から》んできたら、また別の作戦があったのかもしれない。

　ともあれ、愛《いと》しい相手が釣れそうだと見た風子は、今度は失踪《しっそう》を演じてみせる。マユズミ探偵研究所と、モダン通法の存在を仄《ほの》めかしておいたら、姉の陽子は思惑どおりに動いてくれた。怪しい自動車と三好を結びつけたことも、心太郎の才覚ではなく、風子の張った罠《わな》だった。そうとわかってみれば、業腹《ごうはら》な上にも恐ろしい。

「おまえは、それを知っていて、おれを囮《おとり》に使ったのかよ」

　心太郎は飯がのどに詰まった。

「いや、ぼくも知らなかった」

　後ろの座席に水筒があると、黛は親指で背後を示す。

「妹が消えたと云って、陽子さんが相談に来ただろう。ミネさんが鎌倉に送って行くと、姉妹の部屋を見せてくれた。ミネさんは、そこで変なものを発見したんだ。——発見というよりも、陽子さんが無邪気に見せてくれたのだが」

　妹は、仏蘭西語の小説を翻訳しているんですよ。

　そう云って、古い洋書と、それを訳したらしい帳面を披露した。

陽子が麻布に来たときも、風子が仏蘭西語の小説を翻訳したという話をしていたのを思い出す。ミネは何気なく、それをめくってみた。そして仰天して、黛に報せたのである。

「風子さんが辞書を引き引き日本語にした愛読書というのが、マルキ・ド・サドの『ソドムの百二十日』だったのだよ」

そう聞いても、心太郎は何のことやらわからない。

「嗜虐《しぎゃく》的な貴族とその仲間が、秘密の城に若者たちを集めて拷問《ごうもん》やら強姦やらを繰り返すという――」

心太郎は思わず顔をしかめた。まだ稚《おさな》い少女の胸中に、そうしたものを愛して執着する心が隠れていたことに、云い知れぬ不気味さを覚える。風子にとって、虐《しいた》げて楽しむ対象が、ほかならぬ心太郎だった。火搔き棒を振り下ろしながら、風子の目が輝いていたのを思い出す。あの娘にとって、心太郎を打ち据えることが、究極の愛の行為だったのだ。

「いやだなあ」

心太郎は水筒に口を付けて、ほうじ茶を飲んだ。ほどよくぬるまった茶が喉から落ちてゆくと、ふっと気が抜けた。

「だけどどうして、おれが三好の家に閉じ込められて居るとわかったんだ？」

「きみは不良なようでいて、朝までには必ず帰ってくるからね。それが帰らないので、何かあるなと思った。その前にミネさんの報告を得て、風子嬢の思惑が見えていたから、きみがどういう境遇にあるか、予測がついた。現場が浦和町の三好家だと見当を付けたのは、きみと同じ過程を辿ったら簡単だったよ」

「だったら、どうしてもっと早く来てくれないんだよ。昨夜のうちとか」

「風子嬢の楽しみを奪うのも酷だ」

　黛は「冗談だよ」と云って一人で笑った。

「彼女が最終的にきみをいたぶり殺す気だったとしても、すぐにというわけではない。愛読書の中でも百二十日かけているわけだから」

　黛の云いぐさを聞いて腹を立てた心太郎は、麻布の屋敷に着くまで、ふて腐れていた。

*

　仲間の前から消えた不良少女のジュン子が、文通相手の後妻におさまったのは、ほどなくのことである。夫はたいそうな家柄の次男で、生業《なりわい》は事業家だという。結婚式に呼ばれた心太郎と不良仲間のナツは、すっかり淑《しと》やかな奥方になりおおせたジュン子を見て驚いた。

「自慢じゃないけど」

花嫁衣裳《いしょう》のジュン子は、心太郎たちに耳打ちする。そのときだけは、昔のままの擦れっ枯らしに戻った。

「うちの旦那《だんな》さま、すごい事業を始めるんだって。しんちゃんも、いつまでもガキみたいなことしてんじゃないわよ」

心太郎の頬の傷を撫《な》で、ジュン子は笑う。

「うちの人の仕事が軌道に乗ったら、あんたのことも紹介したげるわ」

結婚披露宴は華やかに終始し、寿《ことほ》ぎの言葉が音楽のように流れている。

第四話

ゲシュペンシュテル

1

黛が放り出している『源氏物語』を読んでいたら、知らぬ間に時間が経《た》った。二階の窓から見下ろすと、前庭に停めたビュイックを黛がせっせと洗っていた。

昼下がりの薫風《くんぷう》は、温度を感じさせない。平和な午後だ。しかし、果たして、平和と云《い》っていいものか。心太郎は、低い書架の上に置かれたラジオに目を向ける。昨今、そこから流れる世情は度を越した禍《まが》ごとばかりだ。

「やあ、ごきげんよう」

今日の空と同じほど、能天気な黛の声がした。

再び窓下を見ると、黛が訪問客を屋敷に迎え入れるところだった。客は細長い風呂敷《ふろしき》包みを抱え、黛のことを不審そうに値踏みしている。

「あの、しんちゃん……牧野心太郎さんは、おいででしょうか？」

客はそう云った。不良友だちのジュン子であった。

昭和七年、五月のこと。

＊

客間に通されたジュン子は、ひどく緊張していた。不良だったが学があるし、器量も良い、気性もしっかりしているし、度胸もある。心太郎の認識の中では、ジュン子はそんな女だ。だから、目の前に居る、不安と猜疑《さいぎ》心《しん》を隠すこともできない姿はおよそジュン子らしくない。

　黛が紅茶を載せた盆を運んできた。ジュン子が、それをじっと眺めた。お茶くみか、と目がつぶやいている。――やはりこの若いのは下働き人なのだ、ならば責任者の黛というのは、出てこないのか、自分はつまらぬ客だから、エラいヤツには取り合ってもらえないのか。

　黛は相手に侮《あなど》られていることなど、とっくに察している。むしろ、それを面白がっている。その証拠に、黛の笑顔には、無邪気の中に邪気がある。

「ぼくが、黛です。今日は、どうされましたか、浦川夫人」

「え」

「あなたの夫君、浦川都加砂《つかさ》くんとは、学習院の同期です」

　ジュン子の顔が強張《こわば》る。今日の訪問は夫に知られたくないのに、ここにスパイが居た。

そんな考えが、すぐに伝わった。

「ご心配なく。あなたの相談事は、だれにも申しません」

ジュン子は「それならば、いいけど」というつぶやきを、曖昧《あいまい》な微笑で表現した。

片や心太郎は、嫌な気持ちになっている。ジュン子の亭主が、問題の浦川だとは今の今まで知らなかった。大女優の浦川夫人がたびたびここを訪れるのは、不肖の息子のためだ。そいつが、ジュン子の亭主と同一人物だというのは、暗い驚きだった。文通ガールなんて手の込んだ婿《むこ》探しをしたあげく、とんだ愚か者をつかまえたのだとしたら、この女が不憫《ふびん》である。

「ここには、どうして？」

相談事を促す問いを、ジュン子は勘違いしたフリをする。

「結婚式のとき、心太郎さんがこちらでご厄介になってるって聞いたので――」

「ジュン子、そうじゃなくてさ。探偵のところに来るなんて、何があったんだよ」

「これを、預かっていただきたいんです」

思わず口をはさむ心太郎をチラリと睨《にら》み、ジュン子は膝《ひざ》の上で風呂敷の結び目をほどき出す。縮緬《ちりめん》の布がはらりとこぼれて、中から市松人形が現れた。長いおかっぱに、赤い着物、命のない目は宙を向いている。身の丈は、人間の赤ん坊ほどもあった。

「どうなさったのですか？」

「これは祖母の形見で宝物なんですけど、夫が気味が悪いと云って嫌うんです。いっそ捨てようと何度も迷ったのですが、思い入れもありますし、由緒《ゆいしょ》のある人形らしいので――」

　言葉を切って、ジュン子は自分の膝を見つめた。それきり黙ってしまったので、黛は辛抱強く様子を見守る。けれど、ジュン子は意地になったように沈黙したままだ。

「わかりました」

　根負けして、黛がそう云った。

　途端にジュン子は顔を上げて、いかにも安堵《あんど》したというようにほほ笑んだ。人形を預けられるか否《いな》かを、それほど悩むなど奇妙なことだ。それを問い詰めるのも出来かねて、心太郎は困ったように視線を泳がせた。ラジオが目に入る。良くないニュースばかりが流れるのを憂《うれ》えてみたが、人間が抱える問題の数はその比ではない。

「あたし、今、ナツのとこに居るの」

　心太郎にそう耳打ちして、ジュン子は帰って行った。

＊

「浦川はぼくの知り合いだが、細君の方はきみの友だちだなんて、奇遇だよね」

黛は、浦川のことを「友だち」とは云わない。人付き合いに淡泊な男だと思っていたが、それでも好悪《こうお》はあるらしい。

「彼女は、どんな人なんだい」

「ズベ公だよ」

心太郎は身もふたもなく答えた。

「そうか。親しいんだね」

「うん」

心太郎は、さっきまでジュン子の座っていた長椅子《ながいす》の座面を、ぼんやりと見つめた。そこには、持ち主にあずけられた市松人形がぽつねんと立ち尽くしている。

「あいつ、さっぱり変わってないから、かえって驚いたよ」

心太郎の言葉は正確ではない。実際、ジュン子はすっかり変わっていた。思いつめた暗い顔も、言葉を濁すしゃべり方も、まったくあの女らしくない。それなのに、ナリは以前のままなのだ。華族の家柄の嫁が、あんなけばけばしい銘仙など、着るものではあるまいに。

浦川という男は、黛と肩を並べる家柄ではないのか。ジュン子と一緒になるくらいだからよもや石部《いしべ》金吉《きんきち》ではあるまいが、女房にはもっと物堅い恰好《かっこう》をさせるものではないか？

「浦川ってのは、どういう人間なんだ？」

「きみが心配するとおり、浦川都加砂はろくでなしだよ」

　学習院でいっしょだったが、親しかったわけではないと、黛は云った。それどころか、浦川は実に不快な生徒だった。級友にしろ教師にしろ、諍《いさか》いが起きるように仕組むのが、浦川の楽しみだった。

　最も単純で効果的なのは、「あいつが、きみの悪口を云っていたぜ」と、いかにも善人ぶって耳打ちすることで、それは大抵は成功した。最初は本当に悪口をご注進していたが、当事者同士がみるみる険悪になるのが面白く、浦川は諍いをでっちあげるようになる。それがあまり頻繁なので、化けの皮は自然と剝《は》がれた。浦川が故意に同級生を争わせて楽しんでいる。それで、私刑じみた悶着《もんちゃく》が起こり、結局のところ浦川は孤立してしまった。

　級友に相手にされなくなると、浦川の悪意は外に向いた。有名女優の息子とあって、近くの女学生たちの評判を得ていたが、その女学生が標的になった。黛たちの耳に聞こえてきたのは、彼女らのセーラー服の胸元に火のついた爆竹を入れたとか、例によって悪意に満ちた噂話《うわさばなし》を流したなんていうことだが、やがて彼女らの間でも問題視されるようになる。

　浦川にとって非難は喝采《かっさい》と同じものだったから、悪びれることはない。ただ、問題の揉《も》み消しと尻《しり》ぬぐいに父親が奔走せねばならず、さすがにお叱《しか》りを被《こうむ》ったらしい。

「もう、おとうさまに怒られるようなことはしません」

浦川はそう云って詫《わ》びたのだが、それは実のところ、詫びではなく宣言である。今後は不品行をしないというのではない。もう咎《とが》められるような下手は打たない、という意味だった。

その言葉どおり、浦川の悪事の噂は、それ以降はだれも聞いたことがない。ただし、耄碌《もうろく》した年寄りが思わぬ遠い土地に置き去りにされたり、若い女が正体のわからない男から暴行を受けるなどの未解決事件について、黛の同級生たちは今も浦川を疑っている。

もっぱら噂を操って人の不信感を煽《あお》るのを楽しんでいた浦川だが、自身は他人に悪く云われて傷付くことはない。しかし、大人になった浦川は上手《うま》く立ち回ることに、細心の注意を払うようになった。結果、新宿の一等地に洒落《しゃれ》たバーを構え、店主におさまっている。

「今は落ち着いたように見えるんだけどね」

尻尾《しっぽ》を見せていないだけだ。一番にそう思っているのは、浦川の母親だった。浦川夫人は、息子による、まだ起きていない悪事を心配している。

「それは、いくら何でも心配のし過ぎじゃないのか？」

「どうだろう」

黛は真顔だ。

「浦川夫人はね、夫の死を不審に思っている」

「浦川が、父親を殺したって云うのか？」

心太郎は思わず高い声を出した。同時に自分が父親殺しを疑われて警察に連行されたこと、次兄が真犯人として逮捕されたことが、恐ろしいシネマのように脳に再生された。

――身内の殺人は、ありえないことではないのだ。

「今のところ、夫人の印象だけだ」

「浦川涙子は、おまえにそれを調べさせているのか？」

「いや。終わったことは、取返しがつかないものの、完結している。しかし、これから起こる災いは、どんな被害を生むか知れたものではないから」

「浦川が事件を起こそうとしているってわけか」

浦川夫人の最初の訪問は、まだ寒い季節だった。黛は依頼のために動いていたが、具体的な証拠でも見つけたのか。

「そうだね」

黛は、芝居じみた仕草で居住まいを正した。

「浦川は近々、秘密の夜会を開こうとしているんだ。著名人や顔役なんかを集めてね」

「いやだな」

心太郎は反射的に顔をしかめた。やはり、父親を思い出している。牧野求助は社会の頂点に人脈を求め、狂奔していた。それが不遇な死の一因でもある。しかし、浦川都加砂は華族の家に生まれたのだから、無理に背伸びなどせずとも、求助が求めてやまなかった世界に棲《す》んでいるはずだ。

「父親が死んだって云ってたな。だったら、浦川が家を継いだんじゃないのか？」

「爵位《しゃくい》を継いだのは兄で、浦川は冷や飯食いだよ。おまけに、出来の良い弟が居る。あいつは、浦川家では完全な味噌《みそ》っ滓《かす》だ」

「ふうん」

よっぽど虫が好かないのだろう。黛が人をつかまえて味噌っ滓呼ばわりなど、滅多にない。

2

森《もり》と名乗る男が現れたのは、ジュン子が市松人形を置いて帰った翌日のことである。

心太郎は子供じみているし、黛は苦労知らずだから、森の異相にしばしきょとんと見入った。紙芝居で流行《はや》り出した黄金バットに、ひどく似ている。つまり、骸骨《がいこつ》のように痩《や》せて顔色が変に黄色く、しかし何やら計り知れない強靭《きょうじん》さと精神力を感じさせるのだ。

こいつは、お化け屋敷でアルバイトができると、心太郎は無礼なことを考えたが、森が魑魅魍魎《ちみもうりょう》顔負けの人物であることは、この先遠からず判明することになる。

「わたくしは、浦川都加砂氏の使いの者です」

意外な男の名前が出た。森の声は、朗々としたバリトンだった。

「昨日、浦川氏のご妻女がこちらにお預けしたものを、引き取りに参りました」

心太郎と黛は顔を見合わせる。

預けるも引き取るも、まるでそちらの事情がわからない。ジュン子の態度は胡乱《うろん》だったし、この男は輪をかけて胡乱だ。狭い家でもないから人形一つを置いておけぬこともない、それくらいの気持ちで預かったが、いかに夫の遺いとはいえジュン子に無断で引き渡すわけにはいかない。

「それが筋だと思うのですよ」

「お返しいただけないということですか？　いやどうか、何卒《なにとぞ》——」

森は哀願口調になるが、黛は笑顔でかぶりを振った。

「では、事情を申し上げます」

何のことはない、夫婦の痴話喧嘩《ちわげんか》なのだと、森は云う。浦川はあの人形を妻にプレゼントしたのだが、妻は気味が悪いと云って喜ばなかった。それが原因で口論になり、浦川は代わりに首飾りを買い与えた。ジュン子も今度は喜んだが、喧嘩の原因を作った人形は、相変わらず夫婦の居間に居座っている。よかれと思って買ったものの、愛妻に嫌悪されては浦川もこれが憎く思えてくる。

「いっそ捨てようと浦川氏が云ったそうなのですが、それでは可哀相《かわいそう》だと奥方が申されまして。確かに高価なものなので、捨てるのもしのびない。而《しか》して、友人である牧野氏にいったんお預かり願うという仕儀となったわけです」

ジュン子は祖母の形見だと云っていた。由緒があるとも云っていた。この男の説明はまるで違うが、価値があるということは強調したいようだ。二人の話はいずれも嘘《うそ》のにおいがする。ことに、森の嘘は出来が悪い。そもそも、ジュン子が人形をここに持ち込んだのは、探偵という看板を頼ったのだ。それが悪評紛々《ふんぷん》の浦川に関わるとなれば、話はいよいよ胡散臭さを増す。

「そんな事情なら、安心しました」

黛は快活に云うので、心太郎は驚いた。

「実は、ぼくはあの人形がすっかり気に入ってしまったのですよ。あれが、邪魔者扱いされているのならば、渡りに船だ。是非にもぼくがお引き受けしますと、浦川くんにお伝えください。いや、あれほどの見事な人形ですから、もちろんただで頂こうなんて云いやしません。浦川くんが望むだけ、対価をお支払いいたしましょう」

黛はそんなことを云い出す。

予想外だったのだろう、森はぐっと言葉を飲み込み、黄色い顔を緊張させた。お互い、人形に価値がないことは了解している。お互い、まるっきり嘘をついているのも了解している。黛は人形を返すのを拒み、文句があるなら浦川が直接来るがいいと挑発している。

腹芸などとんと苦手な心太郎にもわかるくらいだから、森に伝わらないはずがない。紙芝居の怪人物にそっくりな顔が、いよいよ迫力を帯びた。髑髏《どくろ》に似ているだけあって元々表情に乏しいのだが、両眼だけが異様に光る。それは殺気じみていた。

一触即発。

その緊張の後、森の目の光がすうっと薄れて、元にもどった。

「浦川氏に、そのとおりにお伝えいたしましょう」

黄金バットに似たやせぎすの男は、低い朗々とした声でそう云い残して立ち去った。

＊

浦川都加砂について、心太郎の中では子どもじみた空想が浮かんでいた。『オセロー』のイアーゴーみたいに、いかにも小狡《こずる》い邪悪そうな男をイメージしていたのだが、実際にやって来た男は好青年であった。

涼し気な麻の背広にパナマ帽をかぶり、そんな西洋の借り物みたいな紳士の扮装《ふんそう》がどこか似合わないのは、この男のいかにも凡庸で親し気な容貌《ようぼう》と態度のゆえだ。一重瞼《まぶた》の目尻を優し気に下げて、浦川は黛に握手を求め、心太郎にも手を差し伸べた。握手に応じる間、浦川は何度もお辞儀を繰り返し、「懐《なつ》かしい、懐かしい」「よろしく、よろしく」と云った。

「いやあ、ごめんね。森ときたら、顔が怖いし不愛想だから、びっくりしちゃったろう？　だけど、事情は本当に森が云ったとおりなんだよ。夫婦の仲直りの印として、あの人形を家に飾りたいんだ。きみもいけずを云わずに、どうか返してはもらえまいか」

浦川は媚《こ》びを含んだ目で、黛を上目遣いに見た。それを撥《は》ね退《の》ける黛が悪者に見えた。

「お断りするよ」

浦川の顔にほんの短い間だけ朱が上ったが、すぐに悲し気な表情にかき消された。黛は、そんな知己から視線を外さない。いい加減なのが常のことだから、この男なりに緊張しているのが伝わってくる。

「あの人形は、見るからに安物じゃないか。だが、きみにとっては大層価値のあるものらしい。それが今、こちらの手の中にあるんだ。簡単に渡せるもんか」

「ひどいよ、黛。そんな意地悪、云わないでくれよ」

浦川は泣きそうな声で云うと、立ち上がった。心太郎の方を見て「きみも部下なら、この男の横暴をいさめてくれ」と訴えてくる。心太郎は、ただ曖昧に笑って見せた。傍から見たら、さぞやこちらが悪役と映ることだろう。

ところが、相手の態度に変化がないと判断したのか、浦川はさっと顔付きを変えた。

「いくらなら、返してくれるんだい？」

話が逆転している。しかし、二人とも笑い話に持って行く気配はない。

「返さない。きみに、ぼくの云い値が出せるとは思わない」

「そんなことはないよ。これでも、子爵家の人間だぜ」

「兄上は、きみのために、つまらない散財はするまいよ。きみは新宿に洒落たバーを持っているらしいが、台所事情は火の車らしい。ぼくの求める額を支払ってもらえるとは思えない」

浦川は大袈裟《おおげさ》な当惑顔を作った。口を開いてすっと吸い込んだ息が声になる寸前、その目が窓の方を見る。そして、つと黙った。

「…………」

つられて見やった心太郎たちは、前庭に細く敷かれた白砂の道をやって来る、洋装の婦人の姿を認めた。心太郎にも初対面の相手ではないが、銀幕の中で見た回数の方が多い。女優の浦川涙子——目の前で動きを止めている浦川都加砂の実母である。

「あの——」

母親の登場によほど驚いたらしく、浦川は云いかけていた言葉を忘れたようだった。ちらりと黛を睨む。この瞬間の顔付きで、浦川が黛探偵の立ち位置を理解したのが見てとれた。

心太郎は涙子の依頼について聞いて知っていたが、浦川の慌《あわ》てようには驚いた。狼狽《ろうばい》の色は巧みに隠していたものの、人形を巡る押し問答を放棄して、退散を決め込んだのだ。

訪れた母親と立ち去る息子とは、玄関ホールで鉢合わせとなった。

「まあ、思わぬところで会うものだこと。お店の景気はどう？　純子《じゅんこ》さんはお元気？」

涙子は息子との邂逅《かいこう》に、嬉《うれ》しそうな声を上げた。あたかも、理想的な母子の対面に見える。浦川の方も、不意打ちを免れたせいか、どうにか態勢を立て直していた。

「ええ、ぼくもジュン子もいたって健やかですよ。新宿の店の方も、同様です」

お互いに、相手がここに来た理由など詮索《せんさく》しなかった。いわずもがな、というところなのだろう。それで却《かえ》って間が持たなくなったのだが、浦川は悪びれることなく母親に向かって恭《うやうや》しくお辞儀した。

「では、ママ、近いうちにジュン子を連れて帰りますよ」

「そうなさい。楽しみにしていてよ」

玄関のドアを通りしな、浦川はこちらを振り返った。母親に向けたのと同じ笑顔で、小首を傾《かし》げるようにしてお辞儀をする。

「では、黛、またすぐに来るから」

　笑顔のやり取りを後ろで見ていた心太郎は、背筋にうそ寒さを覚えた。

＊

　陽の出より少し早い時刻に、屋敷に泥棒が入った。

　派手な物音はしなかったが、暗がりの中で、さらに濃い闇《やみ》が動いている。賊は屋敷のあらかたを探し終えて、とうとう心太郎の部屋にまで忍び込んだものらしい。札束などは金庫に納められているだろうが、金目の物ならそこら中にある家だ。ただの泥棒ならば、心太郎の部屋まで漁《あさ》る必要はないのである。

　浦川が来た、とすぐに思った。

　電灯に手を伸ばそうとして、指の先に硬い物が当たった。おぼろげにも、賊の輪郭が見えている。部屋を明るくするよりも先に、一撃を加えるべきだと思いなおした。

　手に取ったのは、目覚まし代わりに使っている小振りな置き時計だった。

　それを泥棒に向けて放った瞬間、すぐに後悔する。もっと確実な方法で――例えば近くに忍び寄ってブン殴る方が得策ではなかったか。なにしろ、こんな重たいものが、万一急所にでも当たって死んでしまったら、大変なことになる。

しかし、その心配は見当はずれだった。

置時計は賊をかすめて窓ガラスを割る。夜の静けさが、音を増幅した。

賊が闇の中で仰天し、こちらに襲い掛かるか逃げるかの思案をしている。それはほんの束《つか》の間《ま》のことで、同じ一瞬の間に心太郎は丸腰で賊に飛び掛かった。相手が刃物でも持っていたらと、後で思い返してゾッとしたが、そのときは破れかぶれだった。こちらは自分の寝室に居るのだから、逃げるなどという気は起きなかった。この野郎、とっちめてやる。そんなことを思っていた。

賊は殴りかかる心太郎のこぶしを払って、もう一方の手でもっと固いこぶしを作り、心太郎のみぞおちを叩《たた》いた。

痛さと同時に呼吸が止まり、よろめく。

おぼろな輪郭しかわからない暗がりの中で、相手の姿が見えたように思った。それは黄色くて無表情な、ひどくつるつるとした硬質な怪物だった。まるで、紙芝居の中で荒事を演じる黄金バットだ。

森か。

視界の利《き》かない中で、心太郎と賊の視線がぶつかる。

すぐに、耳をふさぎたいほどの破壊音が上がった。賊が後ろ脚で窓を蹴《け》ったのだ。

置時計によって既に割れていたガラスは、その一蹴りで桟ごと破壊された。破片が飛沫《しぶき》のように飛び散る。それを避けようと咄嗟《とっさ》に手を翳《かざ》した隙《すき》に、賊は消えた。窓から飛び降りたように見えたが、地面に降り立つ音は聞こえなかった。

吹き曝《さら》しになってしまった窓に駆け寄って、真下の地面を見た。心太郎の部屋は、二階なのである。

空が明るみ始めていた。

その薄い光に照らされて、窓枠の残骸が芝生に転がっているのが見えた。

不意に背後が明るくなり、けたたましい気配がなだれ込んで来た。

どうしたんだ？　どろぼうなの？

黛が懐中電灯を振り回している。ミネが剣呑《けんのん》にも木刀を構えていた。

*

市松人形が本来ならどんな造りになっているのか、心太郎にはまるで知識がなかったが、ジュン子が持ち込んだ人形は内部が空洞になり、そこに納めた物が零《こぼ》れ落ちないための扉まで付いていた。着物に隠れる場所だけにひどくおざなりな造りだったが、手慣れた造作である。同じ形のものを、大量にこしらえたことを思わせた。

「ところで、この人形はどこに隠してたんだよ」

「隠してないよ。ミネさんに預けていたんだ」

黛があっけらかんと云ったところに、ミネが朝食を運んで来た。

「悪漢が狙《ねら》っているようなものをわたしに持たせるなんて、ひどいじゃありませんか。ここに居た日にゃ、命がいくつあっても足りませんよ」

こいつを西洋人形に化けさせることは出来るかい。いくら器用なミネさんでも、無理な相談だろうね。そんな風にミネをあおって、人形を変身させた。ミネのこしらえた衣装は西洋婦人の着るドレスそっくりで、おかっぱ頭も洋風に結ってある。

「これほど見事に変身させたなら、いかな悪漢とて気付くものか」

「そんなこと云って、ばらばらにしてるじゃありませんか」

黛はサンドイッチを頬張りながら、人形の空洞から油紙の包みを取り出す。開いてみると、抹茶のような胃散のような、にごった色の粉末がこぼれた。

＊

浅草の泥鰌屋《どじようや》にジュン子を呼び出したのは、数日後のことである。

ジュン子は二階の古びた和室で、煙草《たばこ》をくゆらせていた。心太郎たちが入室すると、煙がしみた目を細くして、にこりともせずに小さく会釈《えしやく》をよこした。

心太郎は、結婚披露宴で会ったときのジュン子の陽気さを思い出して、胸苦しくなる。黛は紳士らしく底意の見えない愛想の良さで、卓子《テーブル》に着いた。

泥鰌は好物ではないが、食べてみると美味《うま》かった。これに目がなかったはずのジュン子は、ほとんど手もつけないまま箸《はし》を置く。その頃合いを計っていた黛が、用件を切り出した。

「あなたには申し訳ありませんが、あの人形を壊してしまいました」

ジュン子の顔が上がったが、赤い口は言葉を発することなく、新しい煙草をくわえる。

「ぼくの知人に薬学の研究をしている者が居て、その人物に人形の中から出てきた粉の分析をしてもらいました」

市松人形に隠されていた緑褐色の粉末を、黛は大学の研究室に持ち込んだ。知人である薬学部の助教授に、それが何であるのか調査を頼んだのである。抹茶や胃散でないとは、云われるまでもなかったが、麻薬だと云われたときには衝撃を受けた。

「満州で出回っているという噂を聞いたことがある。困ったことに、あちらでは阿片《アヘン》が蔓延《まんえん》しているが、こいつは、もっと厄介な代物《しろもの》だ。太虚精《たいきよせい》と呼ばれているそうだが」

太虚精、と黛は鸚鵡《おうむ》返《がえ》しに訊《き》く。となりに居た心太郎は自分の頭の中を探ってみたが、そんな言葉はどこにも見当たらなかった。阿片じゃないんだね、と黛が念を押すと、薬学の先生は阿片じゃないと繰り返した。

「太虚というのは、宇宙の気の常態を指す。精は純粋なもの、あるいは妖精《ようせい》の精だろうか。つまりこの世の究極の成分、あるいはそこに宿る怪物とでもいう意味かな。して、この太虚精という麻薬は、摂取するものの体質、気質、目下の健康状態や、その他もろもろによって異なる効き方をする。福引みたいなものだろうか、それともロシアンルーレット？」

　こちらを素人《しろうと》と見てか、薬学の先生はあまり薬学の先生らしくない言葉を使った。

「薬が効いている間は、極楽に遊ぶ者もある。そこから帰って来られない者もある。使用を続けたら記憶力が増すなんて聞いたこともある。あるいは、記憶障害が出たりもする。免疫力が上がって健康になったとか、不眠症が治ったとか。無上の快楽を味わった上に、頭脳明晰《めいせき》になり健康増進ならば文句なしだね。でも、人によっては摂取後に即死したりもする」

　なるほど、利益がある分は福引みたいだし、死の危険があるならロシアンルーレットに等しい。総じて、そんなものには手を出さぬが肝要だ。不良の心太郎ですら、そんなまっとうなことを考えた。

「太虚精は、阿片より格段に酔い心地が良いそうだよ。それに、幻覚の中に自分の未来を見ることができる……らしい」

ますます科学の徒らしからぬことを云い出した。占いや予知は、時代とも科学とも無関係だよと、先生は云った。太虚精には、阿片に比べて利益がある。麻薬に手を出した者にとって、強い快楽とまやかしの利益、そして甘美な危険はいっそう渇望《かつぼう》の的となるらしい。

「だから、じわじわと広がっていると聞いている。しかし、内地にまで持ち込まれたとは、由々《ゆゆ》しきことだなあ」

そう云って、助教授は油紙の包みを黛に返した。彼は警察に届けると思ったらしいが、黛はそれをまだ麻布の屋敷に保管している。

「さて、ジュン子さん。あの人形には、おばあさまの遺品には相応《ふさわ》しくない、恐ろしい麻薬が隠されていたのですが」

ジュン子は卓子の一点を見つめたまま黙っている。左目の下が、小さく痙攣《けいれん》していた。化粧の下で肌が荒れているようで、年齢にはひどく早い小じわが見えた。

「ジュン子さん？」

黛に促され、ジュン子は憂鬱《ゆううつ》そうに顔を上げた。

「ええ、ええ、祖母の形見というのは嘘ですよ。あれは、浦川の大切な商売道具なんです。つい先日、満州からの荷に入ってました。送り主なんか、わかりませんよ」

浦川というのは凡《およ》そ底意を人に明かすことのない人物に思えるが、どうやらジュン子に対しては違うらしい。夫婦なのだから結構なことだが、ジュン子が夫の正直さを喜ぶには、その正直な胸の内が醜悪過ぎた。結婚前は好青年を装《よそお》っていた。しかし、夫婦となってからは包み隠さず黒い内心を吐露する。

「このままじゃいけないと思ったのは、その太虚精のことを知ったからなんです」

話し始めたら、ジュン子の顔色がマシになった。目が黛をまっすぐに見ている。

「浦川は、日本に阿片窟《くつ》を作ろうとしているんですよ」

内地で暮らす分には、大陸で阿片が具体的にどんな毒を振りまいているのか、考えることもなかった。しかし、ジュン子の言葉は、そんな事なかれ主義の虚を衝《つ》いた。

「馬鹿《ばか》な」

黛の顔が険しくなる。こちらの手の中に人形がもたらされてからというもの、浦川が泥棒の真似《まね》までしてのけたことを考えても、ジュン子の話は妄言ではあるまい。

「華族や国会議員や、高級官僚やえらい軍人、財閥――浦川がお客として当てにしているのは、そういう雲の上の人たちです。その人たちをお客にして、太虚精のサロンみたいなものを作る気です。手始めに、大盤振る舞いの夜会を開くって云ってました。そんなことが起きたら、大変です。だから、わたしはあれを持ち出したんですけど、どうしていいのか見当もつかなくて――」

下手に廃棄したら――川に流しても空き地にばら撒《ま》いても、人間の体に入ったら大変だ。からっぽの人形が捨てられているのを浦川が知ったら、どんな仕打ちを受けるかわからない。また新しく太虚精を仕入れたら、何にもならない。人形を抱えて思い悩んだ揚げ句に、心太郎が探偵の下で働いていることを思い出したのである。

「どうして警察に持っていかなかったんだよ」

「……だって、逮捕なんかされたら、可哀相だもの」

甘い、と心太郎は思ったが、ともあれジュン子の同情によって、浦川家の一族郎党は巻き添えを食らって破滅するのを免れたことになる。

「ジュン子さん、あなたはさっき、こう云いましたね」

このままじゃいけないと思ったのは、その太虚精のことを知ったからなんです。

「細かいことを訊くようですが、あなたはどうして太虚精のことを聞いたとは云わず、知ったと云ったのですか？」

ジュン子は不良少女に戻ったような目で、黛を睨む。黛が悪びれないので、結局は自分から視線を外した。口をもそもそと動かし、そして観念したようにこう告げた。

「わたし、やってみたんですよ、その麻薬を」

「だから、警察には持っていけなかったわけか」

心太郎が思わず云うと、ジュン子はまた口をもそもそと動かす。弁解と後悔を口にしたかったらしいが、言葉になったのは別のことだった。

「未来が見えたのよ」

本当か？　どんな？　思わず膝を乗り出した。ジュン子は野次馬根性丸出しの心太郎を、さも軽蔑《けいべつ》したような目で見る。

「わたし、首をくくって死んでいたわ」

＊

ジュン子が自宅である借家で、その言葉どおりの死体となって見つかったのは、翌日のことだ。人形を持ち出して以来、かつての仲間の部屋で寝泊まりしていたが、心太郎たちに会った足で自宅に帰ったらしい。

ジュン子は太虚精が見せた予言のとおり、梁《はり》からぶらさがっていた。報《しら》せてくれたのは、不良仲間のナツだ。警察は自殺と判断して、ジュン子の死は報じられることも、人の口の端《は》にのぼることさえなかった。

マユズミ探偵研究所に、泥棒が入ったのは、ジュン子が亡《な》くなった三日後である。やはり、賊は夜中に来た。前回は人形を変装させて上手くいった。賊は人形から太虚精を抜き取ったことを知らないから、また来たとしても懸念《けねん》には及ばない。

そう油断したのが悪かったのか。

元の赤い着物に着せ替えて、これ見よがしに玄関に置いた市松人形は見向きもされなかった。甕《かめ》に入れて台所に置いていた太虚精だけが、そっくり盗まれてしまった。

「ぼくらも、警察に届けるわけにもいかないし」

湿気を帯びた台所の床板を見つめ、黛がぼやいた。

「わたしの周りに、そんな物騒なものを置くのはやめてくださいましよ」

糠《ぬか》と間違えて漬物に使うところだった。ミネはそう云って怒っている。うっかり糠漬けにしたのでは、などと望みをかけてみたが無駄だった。心太郎と黛がおっかなびっくり口に入れた胡瓜《きゆうり》の糠漬けは、常と同じ味がした。

3

浦川夫妻の借家は、人知れず無人となっていた。

ジュン子は元より天涯孤独と云っていい境遇で、遺骨は顔も合わせたことがないという従兄《いとこ》に引き取られていった。浦川も実家の子爵家も、ジュン子の葬儀を出さなかった。それどころか、浦川はジュン子の遺体が見つかって以来、雲隠れしてどこにも見つからない。

「浦川が女房を殺して逃げたんだろ。動機は、麻薬を持ち逃げされたからだ」

心太郎は躍起になったが、太虚精もない今、おびき寄せる手立てもない。あの泥棒もやはり浦川だったのだ、黄金バットそっくりの手下が、またぞろやって来たのだ。などと息巻いたところで詮方《せんかた》ない。

「浦川がジュン子さんの告別式をするみたいだ」

そんな情報を、黛が持って来た。葬儀の報せは、新聞には載っていない。

「坊さんが来るとか、お経をあげるという集まりではないようだよ。行ってみよう」

「浦川は行方をくらましているんじゃなかったのか？」

「だから、興味深いじゃないか」

告別式が開かれるのは、その夜のことで、場所は浦川が経営するバーだという。

「東新宿のヴィーナスという店だそうだ。知ってるかい？」

「いや、知らない」

喪服を着て、円タクで乗り付けた。

ヴィーナスは、アール・デコ調の洒落た三階建てビルの、三階に入っていた。ドアの前で、ひと悶着あった。森が分厚いドアの前で通せんぼしていたのだ。

招待状のない者は入れられないという。洒落た平服の男が差し出すのを見ると、凡そ告別式の報せには似つかわしくない、ワインカラーのカードに金文字が印刷されている。

「どうぞ、お帰りを」

森は門前払いを決め込んで一歩も譲る気配がない。浦川が雲隠れしていると聞いていたから、安否を尋ねてみても、相手にされない。それでいて招待状持参の客には、この男なりの愛想を振りまいて、ドアの中に招じ入れている。

ドアが開いた隙に覗《のぞ》き込むと、ちょうど中に居る浦川がこちらを向いたところだった。

黛が天真爛漫《てんしんらんまん》な態度で手を振った。

「やあ、来てくれたのか、感激だなあ」

浦川はすぐさま飛んできて、ドアを開けた。両手を開いて歓迎し、抱擁の真似事までするので、森が眉《まゆ》をひそめた。浦川は「ぼくの親友に、無礼だぞ」なんてそらぞらしいことを云ってみせる。

「招待状を送らなくて、ごめんよ。この前は、きみが何だかヘソを曲げたみたいだったから、気後れしたのだよ」

この前とは、太虚精を隠した人形を返さないと断ったときか、あるいはこの男とおぼしき泥棒が太虚精を盗み出したときか。よっぽど訊いてやろうかと思ったが、浦川は黛に対するのと同じ大仰な歓迎ぶりで、別の客の方へ行ってしまった。

「あれ？」

浦川が愛嬌《あいきょう》たっぷりにまとわりつく相手は、渡辺男爵だった。心太郎のかつての恋人の父親である。陸軍に勤務する男爵は、落ち着いた灰色の背広を着ていた。集った男女は、いずれも平服である。招待状には、そのように書いてあったのだろう。招待主の浦川に至っては、白いタキシードの胸に赤紫色の蘭《らん》の花を飾っている。それゆえ、心太郎たち二人の喪服は、変な目立ち方をしていた。

　心太郎は居たたまれない気分になったが、黛は気にした様子もなく周囲を観察している。客の半数は浦川の友人らしいどこか頽廃《たいはい》的な感じのする若い者で、残りの半分は渡辺男爵のようなれっきとした紳士だった。ジュン子を偲《しの》ぶ集まりだというのに、ジュン子の知己は心太郎くらいのものである。

（あいつの友だちなんかを集めたら、品が落ちちまうからな）

　さても、紫煙と古風な音楽の中で優雅に逍遥《しょうよう》しているのは、国会議員、金満家、篤志《とくし》家《か》、軍人、芸術家、華族の令夫人や令嬢。浦川の人脈というのは、大層なものだ。

　我知らずぽかんと眺めていたら、隣に来ていた男に話しかけられた。ロシア風なスタンドカラーの上着をまとって、マルクスボーイといった風情《ふぜい》である。

「先生、これで三度目の結婚、三度目の葬式だぜ。まるで千夜一夜だとは思わないか？」

　心太郎の返事を待たず、マルクスボーイは飲み物のお代わりを取りに行った。訊き返す相手が居ないので、黛に向かって怖い顔をした。

「おい、今の話は、どういうことだよ。ジュン子から後添えだとは聞いてたけど、三人目なのか？　浦川はまだ二十六歳で、三人の女房と死に別れているのか？」

父親殺しの疑惑もある。三人の女たちは、浦川に殺されたのではないのか。その言葉を飲み込んで、心太郎は離れた場所で相変わらず客を相手に愛嬌を振りまく浦川を睨んだ。

「ジュン子が来たとき、どうして教えてやらなかったんだよ」

「細君に二度死に別れる男だって、居るだろうさ。だから別れなさいと、きみなら三番目の奥さんに云えるかい？」

だけどね、と黛の口調がどこやら噂好きのおかみさん連中みたいになる。

「だけどね、一人目と二人目の細君は資産家の娘だったから、彼はいわば遺産成金なんだよ。元々、浦川家は台所事情が苦しいらしくて」

「華族なのに、家が貧乏なのか。だったら、なおさら――」

泥棒するヤツなら、人殺しだってするだろう。きっと遺産目当てに二人の妻を殺《あや》めたのだ。ジュン子のことも殺したのだ。胸の前でこぶしを握り締めたとき、浦川がフロアーの中央に立ち、うやうやしくお辞儀をした。

「ジュン子のためにお集まりくださった皆さん、披露宴でぼくらの門出を祝ってくださった御一同の前で、かくも悲しい報告をしなければならないとは――。ああ、人の運命とは何と儚《はかな》いものでしょう。ジュン子は、自ら命を絶ちました」

芝居のような節回しを付けて、浦川は震え声を天井に向かって放った。喜劇役者のセリフ回しに似ていたので、つられて笑う者が居た。苦笑する者も居れば、目がしらを押さえる婦人も居る。いずれを見ても、心太郎は胸糞《むなくそ》悪くなった。

「今日、ぼくは皆さんにこの悲劇を聞いていただきたい。ええ、ジュン子を失ったことは、ぼくの最大の悲劇です。しかし、ぼくは、間もなくジュン子のそばに行くかもしれません。なぜならば、実の母親がぼくに殺し屋を差し向けたからです」

　わっと笑い声が上がる。けれど、浦川の顔付きを見て、その声は尻切れに消えた。ひそひそ声が起こり、ざわめきとなり、それを待つように浦川は長い間をとった。

「子爵家に生まれたぼくは、生まれながらにして異端者だった。しかし、ぼくは他のだれでもない。ぼくらしく生きることしか出来ないんだ。母には、それが許せないのです。ぼくが、これからしようとしていることが、あの人には許せないのです」

　高い声を上げた浦川は、そこで言葉を切る。突飛だが煽情《せんじょう》的な内容に、客たちは呆気《あっけ》にとられていた。

「詳しいことをお話しするのは、幼稚な揚げ足取りのような気がするので、控えます。だけど、ぼくは今日、宣言いたします。ぼくは、母が殺し屋まで雇って阻止しようとしていることを、必ず実行いたします。今日、ここにお集まりいただいた皆さんを、いずれぼくの新しい事業のお客さまとしてご招待いたしましょう。この国のだれもが予想すらつかない、ええ、神々の遊ぶ天上の娯楽を、皆さんに提供することをお約束します」

八の字に下がっていた眉毛は、いつの間にやら得意そうな笑いを象《かたど》っている。

「遠からず、その詳細は皆さんに届くでしょう。それまで、大いに期待してお待ちください」

浦川はそう云《い》うと、バレエダンサーのごとき恭しさで会釈をして、すたすたと店を出て行った。森が、忠犬のように後に続く。残された客たちは、互いの顔色を探りながら、ざわついた。心太郎たちも、きょときょとと視線を動かす。渡辺男爵は、隣に居る訪問着の婦人と、何気ない様子で談笑していた。ボーイたちもまた、何事もなかったかのように、酒を配り料理を運んでいる。

「ぼくらも、そろそろ出ようか」

「いいのかよ」

敵情視察に来たのに、何も得るものがないまま去るのは癪《しゃく》だ。しかし、黛が先に立ってドアに向かうので、心太郎は森と同じく忠犬のように後を追う格好になった。

「浦川は、もうここには帰らないだろう。ジュン子さんの告別式などというのは名目で、顧客に新事業の宣伝をしたかったわけだ。それから、母上に向けて宣戦布告をした」

エレベーターを降りると、目的地を決めてあるみたいに早足で歩きだす。追いかける心太郎は、呆れたような声を上げた。

「おい、浦川の寝言を真に受けてるのかよ」

「寝言？」

「あの、母親が殺し屋を雇ったとかいう話」

「うーん」

黛は歩調を緩めて心太郎が横に並ぶのを待つ。

「浦川はいつでも、見え透いた嘘を云う。嘘を嘘で塗り固める。だから、案外と無難に聞こえることばかり云ってるんだ。それを考えると、さっきのはひどい与太話だろう？　逆に、あれは真実だったとは思えないか？」

「だって、浦川涙子は息子を心配して、おまえに相談してきたじゃないか」

「うーん」

黛はもう一度唸《うな》ってから、黙ってしまった。こうなると梃子《てこ》でもしゃべらないので、心太郎も黙って傍らを歩く。

浦川が宣言した新事業とは、ジュン子に相談されたとおり、日本に阿片窟を造るということに相違なかろう。正確には、阿片窟ならぬ太虚精の窟だ。

日本最悪の魔窟に、浦川家あり。その事実は、いくら隠しても響き渡ることだろう。

それは、浦川子爵家の最期《さいご》を意味する。女優、浦川涙子の破滅を意味する。頼みの黛は、いまだはかばかしい成果を上げない。浦川都加砂は、今も企み動いている。その行動の全《すべ》てが、社会悪で、実現すれば身内までが致命的な打撃を受ける——としたら。

殺すしかない。そう思ったのか。

心太郎は銀幕の中の、美貌の中年婦人の姿を脳裡《のうり》に浮かべた。不思議なことに、市井《しせい》のおかみさんには出来ぬ荒事が、大女優にならばやってのけられるような気がした。奇妙なことだ。女優とて同じ女だし、母だろうに。けれど、女優は何にでも化ける。そのイメージにより、空想の中では突飛なことも現実味を帯びてくるのだ。

しかし、浦川が云ったような「殺し屋」を雇うなど、探偵を頼むのとはわけが違う。女優だろうが何だろうが、どうやってそんな者を見つけるのだ。

隣を歩いていた黛が足を止めた。

「ここは？」

陸軍士官学校近く、簞笥町《たんすちょう》の一角である。借家のようなたたずまいを、黛は見上げていた。木造の小さな西洋館だが、塀がないのでペンキの剝がれかけた白い板壁が丸見えだ。

「浦川の住まいだ」

黛が云った。人の気配がない。浦川は、ジュン子が死んでからここに帰っていないらしい。

隣家が大家の住まいのようで、黛は鍵《かぎ》を借りに行った。大家だろうが親だろうが、見知らぬ相手においそれと店子《たなこ》の鍵を渡したりはするまいに。そう思ったけれど、黛は落語の『時そば』みたいなへんな話術で鍵を手に入れてしまった。

玄関を開けると、たたきの上で蜘蛛《くも》が裏返しになって死んでいた。室内は土足で踏み荒らされた跡があった。浦川当人のしわざか、ジュン子の遺体を見つけた者と運び出した者が慌てて靴も脱がなかったのか、あるいは警察が調べに来た跡だろうか。そのときの混乱を想像すると、いたずらに胸が騒いだ。

黛が大家から聞き出したところによると、ジュン子が死んでいたのは二階の寝室だという。隅に埃《ほこり》のたまった階段は、足をかけると嫌な音を上げて軋《きし》んだ。二階は一間だけで、あとは物置になっていた。合板の味もそっけもない引き戸を開けると、寝乱れた布《ふ》団《とん》が放置されていた。万年床なのかはわからないが、ジュン子が死んだ時のままなのだろう。

閨《ねや》の匂《にお》いなのか、ジュン子の最後の息がまだわだかまっているのか、白粉《おしろい》くさいような生臭いような空気がよどんでいた。女物の靴下と下着が、丸めて放り出されているのが、変に生々しい。

「なんだよ、だらしないなあ」

つい、そんなことをぼやいた。警察が来たらしいが、事件ではないと結論が出たのだから、片付けてもよかろうに。死の現場がいつまでも放置されていたら、死霊《しりょう》がもどって来てしまうような気がする。

「ここはまだ浦川が借りているんだから、大家といえども勝手にはできないさ」

「なあ、さっきの話、本当なのか？　浦川が前の女房たちも殺したってヤツ」

「うん」

　黛は思案気な呼気といっしょに頷《うなず》く。

「二番目の細君は一色《いっしき》子爵という人の一人娘で沙《さ》織《おり》さんというんだが。彼女は女学生時代から、浦川にぞっこん惚《ほ》れていた。浦川のためなら、井戸に毒でも撒くような女だった」

　物騒なことを云い出すが、問いの答えにはなっていない。そう云うと、黛は「まだ調査中なんだ」と冷たく突き放す。その後で、こちらがヘソを曲げないようにと、言葉を足した。

「しかし、浦川は浦川なりに、ジュン子さんには惚れていたと思うよ。だから、この事件の犯人は別に居る」

「やっぱり、ジュン子は自殺したんじゃないんだ」

「きみだって、自殺とは思ってないんだろう」

　そのとおりだが、心太郎の確信には根拠も理屈もない。

「おまえは、なんでそう思うんだよ」

「あの男、ジュン子さんには本当のことを打ち明けていたみたいだから。前の二人とは明らかに打算的な関係だったけど、ジュン子さんには心を許していたと思う」

「ジュン子は、怖がってたじゃないか」

いかにも、ジュン子は怖がっていた。太虚精を隠した人形を心太郎たちに預けたのは、助けを求めていたのだ。それをむざむざ死なせてしまった。そう思うと、いたたまれない。

「亭主があんな男だとわかったら、そりゃ、ご婦人は怖がるよ――」

黛は、窓を開けて身を乗り出した。何の気なしに黛の背中を見ていた心太郎は、狭い小路をはさんだ向かいで、慌てて窓のカーテンが引かれたのに気付く。そこはアパートになっていて、大家は浦川の住まいと同じであるらしい。

つぎの瞬間、黛は身をひるがえすようにして部屋を出た。

「おい」

黛を追って、暗い階段を脱兎《だっと》のように駆け下りる。説明を求める暇《いとま》もなく、向かいのアパートに飛び込むと、放り投げるように靴を脱ぎ棄《す》て、階段を駆け上がった。例のカーテンが閉まった部屋のものと思《おぼ》しき戸を、力まかせに開ける。

部屋の中では、住人が今しも戸に施錠《せじょう》をしようとしていたところだった。

しかし、こちらの方が一瞬早かった。

開けた戸の、自分と同じ高さにある顔ににんまりと笑いかけると、黛は「きみ、覗いてましたね」と云った。

「あなた、何ですか……」

部屋の外には名刺の裏に、万年筆の下手な字で「高田」と書いたものが、表札代わりに画鋲《がびょう》で貼《は》り付けてあった。心太郎はそれを外して、表面に返してみる。タタラ食品という会社の名刺だった。総務係長という肩書で高田昇と記されている。

覗きなどしていて、こんな素性をうっかり表に出しておくなど迂闊《うかつ》なことだ。そう思って名刺をひらひらさせると、高田は奇妙なことを云い出した。

「悪気はなかったんです。出来心です。だれにも云いませんから、どうか、見逃してください――」

張りのない痩せた顔を、ますますしょぼくれさせて泣くような声を出す。

「ああ、やっぱり、お向かいの新婚の寝室を覗いていたのだね？　だけど、出来心ではないでしょう。常習犯でしょう」

云いながら、黛は高田をぐいぐいと押して部屋に上がり込んだ。高田はこちらを別のだれかと思い違いしているらしい。芯《しん》から怯《おび》えたような様子で、喉《のど》から細い喘《あえ》ぎ声をあげた。

「あのときに見たものを、全て話しなさい」

「あのとき――」

高田が苦し気に問うと、黛は心太郎から名刺を取り上げ、相手の鼻先にかざして見せる。相手が遠慮がちに取り返そうとするのを遠ざけて、黛は陰険な低い声を出した。

「向かいの若奥さんが死んだときのことだよ。きみ、見ていたんだろう」

高田は、不意にひどく咳《せ》き込んだ。息が臭《にお》った。

「わかった、わかりました。見たんです。ええ、見ました、申します、申しますから――」

高田は、浦川夫妻の寝室を盗み見るのを、夜の日課にしていた。前も若い夫婦者が住んでいて、彼が覗きの常習犯になったのは、そのころである。その二人が引っ越した後、男が一人で入居したが、ほどなく女が一緒に住むようになった。郵便箱を覗いてみると、夫婦らしい。――高田は寝室を覗くだけではなく、郵便物の盗み見もしていたようだ。

あの夜――日付の変わる時刻。楽しみが始まる刻限だ。

窓辺に陣取って、カーテンの隙間に顔を寄せて待った。なにしろ、このところずっと女房の方の姿が見えず、亭主の一人寝が続いていた。覗く高田まで、欲求不満がたまりにたまっていたのである。夕方、会社帰りの商店街で、待ちかねた女房の姿を認めて、高田は胸をときめかせていた。

高田の窓辺は、特等席だった。向かいの若夫婦の寝室にはカーテンがない。障子もない。ガラス窓を閉めたきりで、しかも夜通しナツメ球を灯《とも》したままなのだ。暗い明かりが程よく淫靡《いんび》な雰囲気をまき散らす下、秘め事が丸見えなのである。

　ところがあの夜は、見世物は始まらなかった。

　夫婦がいざ布団に入ろうとしたとき、複数の人間が寝室に押し入った。何人だったかは、わからない。せわしなく動いていたので、数えられなかった。黒っぽい服を着て、ギャング映画よろしく覆面をしていた。黒布を三角巾《さんかくきん》のようにして、目の下を隠していたのだ。われこそは曲者《くせもの》だと、宣言しているようなものだ。

　覆面の男たちは、亭主の方を捕らえて、縊《くび》り殺そうとした。女房に手を出す様子はなかった。しかし、女房は亭主を助けようと必死だった。亭主よりよっぽど果敢で、一人の覆面をむしり取ってしまった。

　爪《つめ》で引っ掻《か》いたのだろう。男の頬から血が飛び散った。

　思い返せば不自然なことだが、シネマのように色彩のない夜の景色の中で、その血だけが真っ赤に飛沫《しぶ》いた。女に頬《ほ》っぺたを引っかかれるなどというのは心太郎も経験があるが、血など飛び散るほど出るものではない。だから、それは怯える高田の心象風景に過ぎなかったのかもしれない。

　ともあれ、覆面ははがれた。

　その瞬間、場が凍った。男たちが、怯《ひる》んだ。顔を見られたことに、慌てたのだ。

亭主はその隙を突いて、窓を開けて飛び降りた。まるで、サーカスみたいに身軽で、着地すると同時にスタコラと逃げた。借家の二階には、女房と暴漢たちだけが残ったのだ。

黛は、浦川には愛情があったと云うが、心太郎は怪しいものだと思う。恋女房を置いて一人で逃げるものか。——それが、浦川という男なのだと云われれば、それまでだが。

男たちは最初のうちこそ女房に手出しする風はなかったが、顔を見られたせいなのだろう。すぐに女房の首を絞めにかかった。男たちは屈強だし、女一人を縊り殺すなど、わけないように見えた。ちゃかちゃか動く無声映画みたいに、女房はあっという間に絶命した。男たちはそのぐったりした遺体の首に、伊達《だて》締《じ》めを巻き付けて梁から吊《つ》るした。

殺して、吊るして、逃げるまで、ほんの短い間だった。

つまり、男たちが最初から殺人を犯してそれを縊死《いし》に見せかけようと計画していたのは、確かだった。ただし、獲物《えもの》が違った。死ぬべきは、亭主の方だったのだ。

高田はもちろん、そのことを警察には云っていない。覗きの趣味が露見するのを恐れてのことだ。それにも増して、殺人の目撃者などということが暴漢たちに知れたら、今度は自分が口封じをされるかもしれない。

そして今、最も恐れている事態となってしまった。あの殺し屋の仲間が、口封じに来た。みなりもおあつらえ向きな黒服で、いかにも剣呑である。

「殺し屋か……」

黛は、考え深げに繰り返すと、怯える高田を放ったままアパートを出た。無情にも、自分たちが殺し屋の仲間であるという誤解も解いてやらなかった。

4

ジュン子の告別式と銘打った集会で中座した後、浦川は東新宿の店からも姿を消した。あの日は招待主が不在となったまま、遅くまで宴《うたげ》が行われていたらしい。しかし、それを境に店は閉じている。ボーイをしていた青年を見付けて訊いたが、はなから店は閉める手はずで、自分たちには申し分のない退職金も支払われたと云った。浦川のことは、今も良い経営者だと信じている。

浦川は「パーティの詳細は、皆さんに届ける」と云ったが、心太郎たちは招かれざる客だったから、そんな報せなど待っても仕方がない。黛は、心太郎に現金出納帳と『源氏物語』を押し付けて、毎日忙しそうに出かけて行く。

「この本は、ちゃんと読んで、後から内容を教えてくれよ」

実家の人たち――おもに兄嫁との話題のために、『源氏物語』の筋立てを教えろなどと、まだ云っている。

（置きゃあがれ）

本を放り投げたら、四つに畳んだ藁半紙《わらばんし》がこぼれた。がり版刷りの読みづらい紙面に見覚えがあった。『モダン通法』だ。赤鉛筆で傍線を引いた箇所が目に飛び込んできて、思わず瞬《まばた》きした。

――未来が見える夜会、近々開催。会費金二百円也、U。

Uというのは、浦川だろう。未来が見える夜会とは、太虚精を呼びものにしたパーティのことか。会費が二百円とは豪気に過ぎる。それをさらりと出せる階級が、浦川の標的なのだ。

本と帳簿を放置して、屋敷を出た。

＊

モダン通法の月島は、前に会ったときと寸分たがわぬ姿をしていた。前にいつ洗ったのかわからない脂《あぶら》じみた長髪で、黄ばんだスタンドカラーのシャツに五月だというのに綿入れの半纏《はんてん》を重ねている。半ズボンもまた冬に会ったときのままだ。

「そのUってヤツ？　わからんね。あんた、何か知ってるかね？　二百円も取る夜会とは、興味が湧《わ》くじゃないか」

月島は短い記事以上のことは、何も知らないようだった。浦川――もしくは浦川の手の者は、文面を郵便で送ってよこした。モダン通法に掲載される情報は、対面で持ち込む者は少なくて、おおむね電話か郵便で寄せられる。掲載料は寺社と同じく『お志』だ。一銭を出す者もいれば十円を奮発する者も居る。

「だけど、このUって御仁は、五十円を同封して来たんだよ。夜会の会費が二百円でのも尋常じゃないけど、五十円なんて大金は久しぶりに見たわ」

五十円あれば円本《えんぽん》が五十冊も買えると、月島はインテリらしいことを云った。

勢いこんで来たのに、とんだ肩透かしである。帰ろうと思って視線を転じたら、既刊紙がばらばらになって無造作に置かれているのを見つけた。

「え」

思わず短い声が出た。

あまり上手な絵ではないが、覚えのある彫刻が挿絵として描かれていた。黒い蛇体の女神である。心太郎の父が後生大事にしていた、気味の悪いあのブロンズ像だ。

「どうした？」

血相を変えた心太郎を見て、月島は眉根を寄せた。「これを」と云って指さした女神の絵に、「おれが描いたんだよ」と照れ臭そうに笑い、そして付け加えた。

「三好柊逸《しゅういつ》の晩年の作で、何といったかな――ネメシスだったかな。そうだ、ネメシスだ」

「それは、だれですか」

三好柊逸とはだれか、ネメシスとは何か。一緒くたにして訊いたが、月島は丁寧に教えてくれた。物知りに多いとおり、物知らずに教えを施すのが好きらしい。

三好柊逸は彫刻家で、もっぱらブロンズ像を制作していた。派手な活躍はしていないし、華々しく評価されたこともない。彫刻家としてより、かつての家名で地元では知られていた。

三好の名が幾ばくなりと囁《ささや》かれるようになったのは、皮肉なことに作品を売ることをやめたためである。中年を過ぎたころから、作業場に引きこもってしまった。職業としての創作をやめ、もっぱらネメシスと名付けた異様な像ばかりを造り始めたのだ。

「柊逸ってのは、寡作《かさく》だった。ともかく仕事が遅かったそうだ」

それでも、何十年も造り続けた像は、しまいには狭くない作業場を埋め尽くすほどになった。蛇体の女を象った黒い像がひしめき合う光景は、想像するだに圧倒的である。これを手に入れて飾ることができればご利益《りやく》あらたかなんて噂《うわさ》まで流れて、ちょっとした宗教めいた様相を帯びたこともある。作り手の好むと好まざるとにかかわらず、ネメシスは三好柊逸の代表作となった。

「仕事が遅い分だけ、怨念《おんねん》がこもったんじゃないのかな」

「怨念……」

ネメシスというのは、希臘《ギリシア》神話に登場する義憤の女神だ。剣を持って、天使のような翼のある姿として象られることが多いのに、三好はなぜか蛇体として表現した。穿《うが》った考え方として、安珍清姫《あんちんきよひめ》の物語で清姫が大蛇に変じたように、義憤は暴力に変化しても果たすということを表現している――とのこと。

「まあ、ごった煮だよ。芸術家は学者じゃないから、自由なんじゃないの？」

「はあ」

「三好柊逸は浦和町にある生家の庭先に仕事場を構えていたんだが、運悪く震災のときに上京していて、亡くなったそうだ」

「浦和町――三好――」

心太郎は、低い声で鸚鵡返しに訊いた。文通ガールの相談を持ち込んで来た三好の、しょぼくれた風采《ふうさい》を思い出す。枯草に覆《おお》われた庭には、立ち入る者がない作業場があった。

近所の主婦があの三好竹士について云ったのは――祖父は彫刻家で自分の作品のことにしか興味がなく、祖母はその反対であたかも鬼子母神のように孫を溺愛《できあい》した。

「その浦和町の住所は、わからないでしょうか？」

「ああ、わかるよ」

あっさりと、そんな返事が返ってきたので、却《かえ》って驚いた。月島は「だけど、先生、とっくにおっ死《ち》んでいるぜ」などと呟《つぶや》きながら、棚を掻きまわしている。しばらくして、黒表紙の分厚い綴《と》じ込みを出してきた。

新聞記者をしていたころからの、自作の人名録だという。冬に来たときには報道の未来を憂《うれ》えるようなことを云っていたが、やはり前身は新聞記者だった。心太郎が見守る中、大量のページを簡単にさばいて、目的のページを開いた。

「浦和町も震災の後は、すっかり拓《ひら》けたものなあ――」

そう云って月島が見せたのは、やはり三好竹士の住所である。

*

再び、ここに来るとは思わなかった。

今日は黛がビュイックに乗って行ってしまったので、心太郎は省線に乗り、浦和駅でタクシーを拾った。探偵研究所に転がり込んだときは素《す》寒貧《かんぴん》だったが、黛が気前よく給金をくれるので、ケチケチせずにタクシーにも乗れる。

それにしても、どうしてここまで来てしまったのか。父親が大事にしていた彫刻の作者が知れた――ああ、そうかで済ましておけばいいものを。

　しかし、その選択肢がないことを、心太郎は承知していた。馬鹿げていると前置きしながら、心太郎は考える。父、牧野求助の死に、蛇体の女神像が何らかの影響を与えた気がするのだ。文通ガールの騒動で、心太郎は父とはまるで無関係な者に苛《さいな》まれ、その片割れが像の造り手の孫だった。心太郎は、かつてネメシス像があふれていたのと同じ敷地に監禁されたことになる。そこに因縁を感じずにはいられない。

　牧野求助の死には、まだわかっていない何かがあるのだ。それが明るみに出れば、次兄が逮捕されたことも、父が殺されたことにさえ、まったく別の意味が現れるような気がしてならないのである。

　訪ねた先の三好は、幽霊でも見たように怯え出した。心太郎とて、こいつの顔など見たくもない。受けた仕打ちを警察に通報はしなかったが、その分だけ恨みも温存されているのだ。

「風子さんには、あれ以来、もう会っていないんだ。誓って、本当です――」

　嘘《うそ》だと顔に書いてある。

「そんなことは、どうでもいいんだ」

　嚙《か》みつくような剣幕で、蛇体の女神像について訊いた。罪を責められるのではないと知った三好は、幾分か安堵《あんど》したように愛想笑いなど浮かべる。

「そういうことなら、上がって話しませんか？」

「いや、ここでいい」

認めるのは癪だが、ここに踏み入るのは怖気《おぞけ》が立つ。実は三好も、座敷で差し向いになるなど嫌なようで、心太郎の返答にホッとした顔をした。

「うちのじいさんが働かなくなったのは、ぼくが生まれる少し前からなのです。それまでは、橋の欄干の飾りとか、学校に頼まれた胸像とか造って、人に尊敬されていたこともあったそうなのですが、変な女神像を造り出してからはすっかり変人扱いされていました」

女生徒に悪戯《いたずら》をして馘首《かくしゅ》された身で、祖父の行状を批判できるのか。その言葉を飲み込んだのは、心太郎なりの思いやりであり、この男がまたもやぺこぺこ謝り出すのを聞きたくなかったからだ。

「でも、うちの祖父が造っていた蛇女の像、きみは見たことあるんですか」

「ああ」

「どうしてだろう？　外には出てないのに――」

「まだ、ここにあるのか？」

「いや、全部売れました」

「売れた？」

話が違う。売らないからこそ、評判になったのではないのか？

「ええ、売らなかったんです。それで、祖母にさんざん文句を云われてました」

材料を買う金だって馬鹿にならない。嫌味を云われると、血相を変えて怒った。孫の三好が訊《き》くと、義憤の女神だと得意そうに説明をした。

「夢の中に黒い影が出て来て、これを造れとお告げを下したと云うんです」

「黒い、影？」

今度は、黒影法師につながるのか？　数々の災厄の中心に、あの黒い女神が居る。そんなイメージが浮かんだ。心太郎は奥歯に力を入れて、それをかみつぶす。

「ぼくが高等小学校に行ってたころ、祖父の仕事場に泥棒が入りました。一つか二つ、盗まれたらしいです。あんなにたくさんあるのに、どうやって数えたんでしょうね？　ぼくと祖母は、じいさんの妄想だろうと云ってました。妄想っていうか、願望かな。泥棒に盗まれるくらいの価値があればいいという――」

三好は打ち解けたように笑ってから、あわてて居住まいを正す。

「でも、それで運が開けたというか――。像を見たい、買い取りたいというお客が来たんですよ。格好の良い軍人さんでした。陸軍少佐だったかな――。祖父に会うなり、やっぱり可《お》怪《か》しなことを云ってました」

夢のお告げで、先生がネメシスの像をお造りだと知りました。志のために、お譲りいただきたい。

「志のために？」

去年の三月と十月、軍部内閣をつくろうというクーデター未遂事件があった。急進的な軍人と、ネメシス像がどうつながるのか。心太郎が疑問を口にすると、三好は「そうじゃないんです」と云った。

「その少佐は、渡辺さんといいましたが――」

「え？　なんだって？」

「その格好の良い軍人ですよ。渡辺――ええと」

「渡辺晴友《はるとも》？」

心太郎は、渡辺男爵《だんしゃく》の姓名を云ってみた。続けて、男爵という爵位と品川に邸宅があることも口に出した。三好は呆気にとられる。お知り合いでしたか、と訊いてきた。心太郎は答えなかった。言葉を失うほど驚いている。

「話を聞けば、志なんて言葉は大袈裟《おおげさ》なんです。渡辺さんは、うちのじいさんの像を『楔《くさび》の会』っていう勉強会の会員に、会員章代わりに配りたいと云ってました」

「勉強会って？」

「さあ、論語とか読んだりするんでしょうかね。なにせ、ぼくはまだ高等小学校に通っていたくらいなので、よくはわからなかったのですが」

客が来れば、囲炉裏のある居間で祖父母といっしょに話を聞いていた。祖父は女神像は決して売らないと云い張っていたのに、渡辺氏には喜んで一つ残らず譲ってしまった。渡辺氏は大枚を支払った。三好家は地元では名家として知られていたものの、何代にも渡って無為徒食を続けて来たので、財産はすっかり目減りしていた。女神像を売り払った代金で、三好は師範学校に行けたのである。

「その後も、造れば造るだけ、買ってくれました。渡辺さんは本当によいお客でした」

その渡辺は、確かに渡辺晴友であること。陸軍の軍人で、品川に住まいがあること。しつこいほど念を押して訊き、心太郎は浦和町を後にした。

＊

気が急《せ》くから、その足で品川に行きたかったが、それでなくてもこちらは、かつて令嬢に付いた悪い虫だ。無礼な真似《まね》は避けたい。それで、翌朝まで我慢した。

黛は、浦川の夜会について調べると云ったっきり、その夜も帰らなかった。

心太郎はいざ朝になると朝寝坊をしてしまい、昼近くになって屋敷を出た。なぜか車庫にはビュイックがもどっていたが、黛の姿は見えない。これでも雇われ人の遠慮はあるから、勝手に拝借するわけにもいかず、笄町《こうがいちょう》の駅から市電に乗った。

渡辺男爵は在宅していて、あらかじめ連絡を入れていなかったにもかかわらず、快く迎え入れてくれた。心太郎が一人娘に付いた悪い虫だったにもかかわらず、だ。

「逸子は健勝でやっているよ。あれも、暮れには母親になるらしい。手紙をよこせばよいものを、わざわざ長距離電話なんぞかけてきて、まるで経済観念がなってないな」

実家とはちがい、経済観念が必要な人生を選択してしまった。そんな愚痴を云うつもりが、目尻《めじり》が緩んでいた。逸子はこの親を煙たがって放蕩《ほうとう》に奔《はし》り、揚げ句に駆け落ち相手と結ばれても、煙たい親はやはり娘の幸せを喜んでいる。あまつさえ、同棲《どうせい》相手だった心太郎に、それを嬉《うれ》しげに報告なんぞする。親とは憐《あわ》れなものだと思い、しかし逸子を羨《うらや》ましくも思い、結局のところ月並みな幸せに収まった逸子が父親の思惑にはめられた気がしなくもない。そもそも、心太郎はここで「良かった」「安心した」「おめでとうございます」なんて、云える義理でもないと思う。

それから話題はひとしきり、気候のことや世情について逍遥し、珈琲《コーヒー》を飲まされた。良識のある大人というのは、初手から用件をぶちまけるなど無粋なことなのだろう。そう思って辛抱して、そろそろよかろうと咳払《せきばら》いなどしたら、こつこつとドアが叩《たた》かれた。女中が珈琲の追加でも持って来たのかと思ったが、案に相違して軍服を着た若い男が現れた。

心太郎は半端な会釈《えしゃく》をする。

新来の男は、潑剌《はつらつ》とした青年だった。痩躯《そうく》だが逞《たく》しく、軍人らしく所作がきびきびしていた。美男ではないが、姿勢の良さが七難隠している。その分、頬に長くケロイド状の傷が目立った。

（この傷――）

心太郎の胸に、ある情景が発作のように点《とも》った。

浦川が殺し屋に襲われた夜、ジュン子が賊の覆面を剝《は》いだ。

爪が頬を裂き、血が飛び散る。

実際には爪で引っ掻いたところで大した血など出るべくもないが、ともあれ殺し屋の一人はジュン子の爪で負傷した。そして、実際に起こったことは――。賊の顔を見てしまったジュン子は、縊り殺された。

（まさか、この男が？）

「どうかしたのかね？」

呆気にとられる心太郎に、渡辺男爵が柔和な笑顔をくれた。

「これは、祥也《さちや》といって当家の養子だ。わたしの跡継ぎだから、以後よろしく頼むよ」

男爵は祥也にも心太郎のことを紹介する。まさか娘が同棲していた男とも云えないから、黛探偵の助手だと説明した。

動揺を隠そうとして、心太郎は顔をひきつらせる。男爵の笑顔に、優越感を読み取った。心太郎があたふたするのが、祥也への引け目ゆえと思ったようだ。誤解してくれて助かるが、癪にも障《さわ》る。それで、すこし冷静さが戻った。

「よろしく」

祥也が、片手を差し出した。それを握り返し、心太郎は相手の顔を見つめてしまう。

「ああ、この傷かい？　先だって、カフェーで勝気な女給に焼《や》き餅《もち》をやかれてね」

形の良い手で、傷痕《きずあと》をこすった。

「引っ掻かれたのですか？」

意味深長な探りではない。相手の言葉に合わせたのだ。しかし、今度は祥也の顔に、動揺が現れた。心太郎はすぐに後悔する。気付いたことに、気付かれるのは、悪手に相違ない。

（それにしても——）

この男がジュン子を殺した犯人の一人——浦川の云う殺し屋なのか。

（でも）

あまりに現実離れしていると思う。しかし、現実に起こったことだから、ジュン子は死んだのである。

「引っ掻き傷ってのは、不思議と長引くんだ。相手の怨《うら》みなんでしょうか」

「経験者は語る、かい？　心太郎くんは美男子だから、相当怨まれる口だね」

「どうでしょう。——ところで」

今この話題で深追いしたら、却って逃げられる。こちらから矛先を逸《そ》らせば、油断もするだろう。心太郎は男爵に向き直って、改めて分別がましい表情を作った。

「ネメシスという女神像を、男爵が大量にお買いになったと聞きました。実は、うちの亡《な》くなった親父《おやじ》の書斎にも、同じ物が飾ってあったんです」

「おやおや、思いがけない人から、思いがけないことを聞くものだ」

男爵は珈琲カップを手に持ち、冷めているのが気に食わないのか、口をつけずに皿にもどした。ほとんど同時に、女中がお代わりを持って来る。カップを入れ替えて女中が退出するまで、心太郎は行儀よく待った。

「あれは、個人的な集まりの会員に配っているんだ」

「集まり？　会員？」

「楔の会という、四十の手習い、五十の手習いの集まりだよ。まあ、この祥也のような若い者も居るがね」

祥也が最前の狼狽《ろうばい》とは打って変わって、にんまりする。いかにも得意気な様子で、人が変わったように子どもっぽく見えた。男爵も、同様の態度で続ける。

「政治、文学、科学――哲学、歴史、気象、とりとめもなく講師を呼んで、碩学《せきがく》の英知を傾聴する。学校時代には逃げ回っていた学問も、いざ離れてしまうと、恋しいものだからね」

「勉強会、ですか？」

そんな無垢《むく》な集まりのシンボルが、不気味な女神像だということに違和感がある。

（浦川は、黒覆面のグループに襲われた——祥也は、その中の一人かもしれない——祥也は、楔の会の一員だ）

いっそ殺し屋の集団の方が、あの蛇体の女神には相応《ふさわ》しい。悪い空想を膨らませていたら、かつてそれを裏付けることを見聞きしたような気がした。しかし、それが何だったか思い出す前に、男爵が意外なことを云い出す。

「心太郎くん、きみの父上も会員だったよ」

「親父が？」

心太郎がきょとんとしている間に、祥也が頷いた。

「牧野氏は熱心な方でしたね。三顧の礼どころか、十回も会長のところに頼み込んで来て、会員に加えろと泣きついていましたっけ」

心太郎は思わず黙り込んだ。父のあさましさへの羞恥《しゅうち》なのか、父のあさましさを殊更《ことさら》に云われたことへの腹立ちなのか、頭の中が熱くなる。しかし、いかにも牧野求助のやりそうなことだった。あの男が上流階級と繋《つな》がりを持ちたがっていたのは、慢性的なことだ。

渡辺男爵は、息子となった若者の無礼を一瞥《いちべつ》だけで咎《とが》めた。

「ところで、あの像がどうかしたのかな？」

「ええと――あの――」

心太郎は口ごもった。

「父は楔の会に入れてもらって、それで像を分けてもらったんですか？」

桃太郎の黍団子《きびだんご》じゃあるまいし、まるで子どもじみた云い方が恥ずかしい。

「そうではないんだ。きみの父上は、ここに来る前からネメシス像を持っておられた。だから、わざわざ新しい物は差し上げなかったんだよ。元からの像を、大層信心していたようだったのでね」

「ああ――」

確かに、父はあれを信心していた。

5

ラジオが黒影法師の新たな事件を告げていた。

移送中に逃げ出した犯罪者の遺体が、どうしたトリックなのか、満員電車の座席に座っていたという。しかし、それはあっさりと終わって、『主婦の知恵』なる平和な話題が続いた。

「うーん。疲れた、疲れた」

黛が右手で反対側の肩を揉《も》みながら、年寄りじみた声を出す。

「楔の会というのは、どうも怪しいのだ。存外、きみの感じたとおりかもしれないよ」

ガラスの笠《かさ》を通して、電球がオレンジ色の光を投げている。

何をしているものか、黛が帰宅したのは久しぶりだ。夕食後に葡萄酒《ぶどうしゅ》を持ち出して一緒に飲もうと云い出した。黙っているのも気づまりだから、心太郎は今日一日のことを話して聞かせたところだった。

なるほどねえと云いながら、黛は首を回している。

「楔の会ができたのは、震災のすぐ後だ。活動内容は、きみの云ったとおり、勉強会。エラいおとっつぁんたちが例会だ、総会だと集まって、どこぞの大家や家元や博士や教授を呼んで、講釈をたまわる。その後は、家族を巻き込んで飲めや歌えの宴会だ」

聞きながら、いかにも父の好きそうな集まりだと思った。

「さて、楔の会の楔とは、何ぞや？」

「知るか」

「ぼくも知らない。だけど、こんな風に思ったりする。lex talionis」

「は？」

「目には目を。かのメソポタミア文明の『ハンムラビ法典』の有名な一節だね。罪人には犯した罪と同じ罰を与えるという意味だけど」

「ふうん？」

父が大枚を払って入学させた私立の学校も、心太郎は抜け出してばかりでろくすっぽ通っていない。授業で習っただろうと云われても、頭になぞ入っていなかった。尋常小学校を終えたあたりから、場末の悪所で同類たちと群れてばかりいたのだ。

「だからね、大昔のことだが、そういった報復律が規範の国があった。このハンムラビ法典は、楔形文字というヤツで記されていたんだよ」

「楔？」

心太郎は眉根《まゆね》を寄せる。

「楔の会の楔とは、そこから引いているんじゃないかなあと思うんだよ。もっとわかり易《やす》く云《い》ってしまうとさ、その楔の会はきみの苦手な蛇女の像に相応しい、恐ろしい集まりなんじゃないかと思うんだ。もっともっとわかり易く云おう。楔の会イコール黒影法師なんじゃないのかなあ」

黛は実に呑気《のんき》な口調で、とんでもないことを云い出した。心太郎は葡萄酒の盃《さかずき》を顔の前でとめて、唖然《あぜん》とする。

「そう思い始めたのは、一つにはきみの父上の死を調べた結果と、もう一つはあの逸子嬢に懸想《けそう》した渡辺東馬くんの死にざまが気になったからなんだ」

いかにも、父は黒影法師が暴れ出すより前、その後の被害者と同じ姿で発見された。

「牧野求助氏の遺体は、顔を赤ペンキで塗られていた。云うまでもなく、黒影法師の犯行声明代わりだ。しかし、その後に続くこととなった一連の被害者のように、遺体が世間にさらされたわけじゃない」

遺体を橋桁《はしげた》や煙突に括《くく》りつけられるような、いかにも見せしめという形で遺棄されたのではないという意味だ。

「加えて、きみの父上はほかの被害者に比べたら、さほどの悪党でもない。継子《ままこ》を殺したのが事実なら到底許せないが、その事実は黒影法師とて知りようがない。疑わしきは罰するというなら、なるほど有罪になろうけど」

「親父のせいで、首を縊《くく》った人間が居たかもしれない」

「そういう因果律は、何も求助氏に限ったことじゃないよ。風が吹けば桶屋《おけや》が儲《もう》かるって云うじゃないか。たとえば、ぼくが今この酒をこぼしたせいで、明日には世界中が大戦争に巻き込まれるかもしれない」

大陸での利権をむさぼる日本が世界中からつま弾《はじ》きにされそうになっている今、大戦争という言葉は生々しい。しかし、酒をこぼすのと戦争は結びつくまいに。

「だからさ、譬《たと》え話《ばなし》だよ」

黛はその一言で片づけて、話を進める。

「きみの父上は、赤ペンキで顔を汚された。しかし、さらしものにはされていない。後の被害者ほど悪辣《あくらつ》な人間ではない。ここでもう一人、それは渡辺東馬くんも同じなのだ。遺体の発見者はきみとぼくだけ。東馬くんの罪状は殺人。しかし、彼はほかの被害者のように何人も手にかけたわけじゃない。逸子嬢の恋人を一人殺しただけだ」

だけというのも語弊があるがと、黛はつぶやく。それを聞いて、心太郎は「あ」と短い声を出した。昼間、渡辺邸を訪れたときに意識をかすめたことだ。

心太郎は、楔の会が勉強会というより殺し屋集団の方がしっくりすると思った。直接的な理由は、会のシンボルである女神像が不気味で、勉強会なんて大人しい集まりには似合わないと思ったせいだ。その裏付けとして——。

あのときに思い至らなかったことが、今になって幻燈《げんとう》のように次々と浮かび始めたのは、慣れない葡萄酒の効用か。

「そうだ——。東馬を殺した犯人——黒影法師は、どこから来て、どこへ逃げた？」

夜間の病院は、急患用の扉しか開いていない。そこには、守衛が陣取っていて、不審者の出入りなど不可能だ。破られた窓、出入り口は一つもなかったという。それゆえ、黒影法師は人外魔境のものという印象を、強くさせた。……というよりも、オバケの類《たぐい》だから壁も抜けよう、姿も消そうということで片付いてしまった。

「そんなわけないよなあ」

黛が合の手を入れる。

そして、黒影法師の標的になるにしては、東馬は悪党として小粒だった。

「それに、渡辺男爵が——あまりにも腑抜《ふぬ》けだった。渡辺男爵は文武両道の傑物だと評判の人なんだよ。たとえ相手が名うての怪物であったとしても、目の前で甥《おい》を殺されても何も出来ず、腰を抜かして記憶まで失《な》くすとは、不自然ではないか。

しかし、あの一件が男爵の芝居で、黒影法師が男爵だったとしたら、話は合う。加えて、東馬くんが黒影法師の被害者として、凶悪犯の仲間入りをしたことにも説明が付くんだよ。

なぜなら、東馬くんは逸子嬢をも手に掛けようとしたんだからね。実際のところ、逸子嬢を襲って怪我《けが》を負わせたのは別人だが、東馬くんはその罪を甘んじて肩代わりした。そんな事情を知らなければ——」

「娘を殺そうなんてヤツは、許さない……よな」

渡辺男爵は子煩悩《こぼんのう》だ。否《いな》、特別に子煩悩でなくとも——そう、心太郎の父親とて心太郎を害そうとする者には、いかようにも報復をしただろう。継子を殺すような男だが、血のつながった子はわが身以上に思っていた。愛することと甘やかすことを取り違えていたとして、心太郎を甘やかしたのは牧野求助の中の唯一《ゆいいつ》の正義だったのかもしれない。

「ときと場所を選ばなかったのは、あれが東馬くんの悪事を知った直後の、衝動的な犯行だったせいかな。

あるいは、急がねばならなかったからか。自首などされる前に、さっさと口を塞《ふさ》いだのかもしれない。なにしろ、甥が殺人犯となったら、男爵とて無傷ではいられまいからね。

良かれと思ってぼくらも東馬くんの犯罪に関して口をつぐむことにしたが、結果として男爵の思惑どおりになってしまった気もする。

赤ペンキは黒影法師のたしなみとして、日ごろから携帯していたんだろうか。小瓶なんぞに入れてさ」

ペンキさえあれば黒影法師の仕業だという流れが出来ているからなあと、黛は口の中でつぶやく。

「模倣犯ということもあるよな？」

「うーん」

心太郎の指摘に黛が唸《うな》ったとき、ドアの外から声が聞こえてきた。ミネの狼狽した高い声である。その上から、歌うような別人の声が聞こえた。

奥様、先生に取り次ぎますから、別室でしばらくお待ちください。

ミネがしきりとそう繰り返すのだが、客はどんどん近づいて来るようだ。酔っぱらっているその声には、聞き覚えがあった。

「望さん、お願いがあって参りましたの」

ドアが開くと同時に、現れた人物はオペラのセリフみたいな調子で、そう告げた。

浦川夫人である。背中が大きく開《あ》いた黒いイブニングドレスを着ていた。きらきらした糸が織り込まれた生地は、橙色《だいだいいろ》の灯りを反射して派手に光っている。それでもどうしたわけか、心太郎の目には喪服のような印象を与えた。化粧も濃いし、とても愉快そうだ。しかし、それは自棄《やけ》っぱちの明るさだった。

夫人は細い踵《かかと》の靴でよろけもせずに心太郎に近づくと、葡萄酒の杯を取り上げ、喉を上げて飲み干した。白い喉が、何やらひどく淫靡な音をたてる。

「前にお願いしたことを、取り消したいの」

「浦川くんの——夜会をやめさせろというご依頼ですか？」

「ええ。そもそも、依頼なんて、していないわよね。だって、わたくし、あなたに探偵料を払っておりませんもの」

「ここは探偵社ではなく、研究所です。ご依頼を受けても、お金は受け取りませんよ」

黛がそう云うと、夫人の顔付きが変わった。からくり仕掛けの人形のように、笑っていた目は細く吊り上がり、赤い口がカッと開く。

「その依頼が、要らないって云ってるでしょ！」

「浦川くんは、確かにけしからぬ企てをしている。そもそも華族とは、かの伊藤博文公が、市民の規範となる階級として拵《こしら》えたもの。世にご奉公するのが、われわれの義務です。その志をもって探偵研究所を名乗る以上、これから起こる悪事を放置することなど、どうしてできましょう。もう一度申します。ここは探偵社ではなく、研究所なのです」

（へえ）

　こんな一種の修羅場の中にあって、心太郎はのんきに感心していた。牧野家の下働きをしていた林蔵からマユズミ探偵研究所のことを聞き知って以来、そんなものは良家の息子の道楽だとばかり思っていた。平民である心太郎にとって、華族など世に寄生する無駄な特権階級としか思えない。しかし、黛のしていることが道楽ではなく奉仕だというなら、これはこれで殊勝なことだ。

　しかし、浦川涙子にとって、黛の返答はただの拒絶である。いかにも特権階級の者である彼女は、拒絶や否定というものに馴《な》れていないのだろう。ましてや、彼女は命令ではなくお願いをして、断られた。依頼取り下げの事情以前に、黛の態度は彼女を愚弄《ぐろう》するものだった。

「あなたは母親として浦川くんの反社会的な行いを止めようと、ぼくに依頼された。彼の細君は、彼が日本にも阿片窟《アヘンくつ》を造ろうとしているのだと、打ち明けてくれました。そのことを、あなたも、ご存知だったのですね？　ぼくは、今、あなたとジュン子さんのために働いている。それは彼の悪事から社会を守るためであると同時に、彼を己が犯そうとしている罪から救うためだ。しかし、あなたは今になって、それを取り消すと云う。どうしてですか？」

「………」

「ぼくなどには彼をとめられないと、思っていらっしゃるのですか？　彼がとまらなければ、あなたも浦川子爵家ごと破滅する。それゆえ、あなたはもっと確実な選択をした」

　そこで黛は一呼吸置く。

「ご子息に殺し屋を差し向けたんですね、小母《おば》さん」

「………」

沈黙――否定しないことは、肯定の意味か。

浦川夫人が、黛の次に頼った相手は、渡辺男爵なのか――つまり楔の会なのか――つまり黒影法師なのか。

「何も知らないくせに――わたくしを諭すなど――」

「知らなくもない」

黛は、美貌《びぼう》と老いが混ざった顔をまっすぐに見た。

「ご主人を殺されても、その犯人をかばい続けたあなたの苦悩を――」

「お黙りなさい！」

怒りによる紅潮は、白粉《おしろい》の下からも顔《かんばせ》を赤く染めた。細くなった目が見開かれ、虹彩《こうさい》の下に血走った白目がどろりと伸びた。喜怒哀楽の表現は女優の神髄だとして、浦川夫人は何かを演じていたのではない。常人に出来ない憤怒《ふんぬ》相《そう》を表し、浦川夫人は黛の頬を打った。

「このままでは、済ませなくてよ！」

鋭い声で一喝すると、浦川夫人は来た時と同様、案内と見送りを無視して靴音高く去った。

「今の、どういう意味だよ？　やっぱり、浦川は父親を殺したってことなのか」

黛がそれを事実として言葉にしたからには、まだ心太郎に話していない真相を摑《つか》んでいるに違いない。

＊

このままでは済ませないなどとは、捨て台詞《ぜりふ》としては常套句《じょうとうく》だ。浦川夫人の剣呑な心持は充分に伝わってきたものの、酒に酔って一時的に理性を失ったのだろうとタカをくくっていた。怒ってみせる以上のことは出来はすまい。心太郎は、そう思って油断していた。

それゆえ、夜半に警察が乗り込んで来たのには、まったく意表を衝《つ》かれた。

「黛望さん、同行を願います」

そう告げた男たちは、警視庁の刑事だと名乗った。心太郎が駆け付けたとき、黛は抵抗もせず、「警視庁？」と訊いていた。

「麻布警察署ではなく、警視庁直々のお越しとはどういうことでしょう？　ああ、もちろん、麻布警察署になら連れて行かれる心当たりがあるという意味ではありませんが」

「はあ？」

「きみが黒影法師だという疑いがあるのだよ」

どこから出た話だ。心太郎は食ってかかりそうになったが、黛はこともあろうに笑った。

「やっぱり、このままじゃ済まされなかったねえ」

「え」

警察沙汰《ざた》の仕掛け人が浦川夫人だと云うのか。などと問答をする暇《いとま》もなく、黛は連行されてしまった。刑事たちの粗暴さと乱暴な扱いは、実際に同じ目に遭ったことのある心太郎を、戦慄《せんりつ》させる。父親殺しの容疑で逮捕（誤認ではあったが）されたときの拷問《ごうもん》は、途中で引き出してもらわなければ、命を落とすほどのものだった。

寝間着のまま門の外に立ち尽くす心太郎の後ろで、ミネが「ひい、ひい」と小動物のような声を上げた。やはり寝間着のままで、夜気に震えて喘息《ぜんそく》の発作でも起こしたのだろうか。振り返ると、両手で胸元を撫《な》でながら、口を戦慄《わなな》かせて涙を流している。

「大丈夫だよ、ミネさん。大丈夫だよ」

心太郎は着ていた綿《めん》のカーディガンを脱いでミネの肩に掛け、腹の中とは裏腹のことを云った。大丈夫なわけがない。警察なんぞに捕まったら、死ぬほど拷問される。心太郎の容疑は父親殺しだった。黛は黒影法師だなどと決めつけられている。心太郎を逮捕したのは大井警察署だった。黛が連れて行かれたのは、それより大きな権限を持つ警視庁だ。

もう生きたあの男を見ることはないかもしれない。

そう思ったら、不覚にも涙が出た。ミネの「ひい、ひい」という声が低くなったと思ったら、ミネではなく自分の喉《のど》が鳴っていた。

「大丈夫ですよ、大丈夫ですから」

結局、ミネのふくふくした腕に抱かれるようにして屋敷に戻った。

寝床に戻っても、寝付けるものではない。殴られた痛みと、腹を蹴《け》られて息が止まりそうになったこと、失神しても許されなかったこと、ここで死ぬのだと観念したときの絶望を思い出して、震えてきた。黛がこれからまさに同じ目に遭おうとしていると思うと、気が変になりそうだった。

それでも、眠ったらしい。夢を見た。

心太郎は裸に剝《む》かれて、皮膚を剝《は》がれ、火で焙《あぶ》られて、食われていた。白い皿に載せられた心太郎は、上品な女たちに咀嚼《そしゃく》されている。食卓には、浦川夫人が居た。薗田風子が居た。ジュン子が、逸子が、顔も知らぬ彼の母親が、心太郎を味わってうまそうに食っている。

心太郎さん、心太郎さん。心太郎さん、心太郎さん。起きてくださいよ、しっかりしてくださいよ。おとうさんの無念を晴らさねば、そんな不孝者は地獄に落ちますよ。

そうだ。おれは、本当は食われているのではないんだ。おれは――。

心太郎は自分の死体を見た。上半身に十ヵ所の刺し傷があって、そのうちの一つが心臓を貫いていた。刷毛《はけ》のようなものが、顔を撫でる。死んでいるのに、刷毛の濡《ぬ》れた感触と異臭を感じた。

心太郎さん、心太郎さん。四次元劇場においでなさいよ。おとうさんがどうしてあんなことになったか、そこ行きゃわかりますよ。

「…………！」

目が覚める。

目の前に、女が居た。整ってはいるが、醜い顔をした異国の女だ。これは、亜細亜《アジア》人なのか西洋人なのか。顔は真っ黒だが、黒人とは面立ちが違う。高い頬骨が、笑ったことでさらに持ち上がった。切れ長の目でじっと見つめられる。その目が心太郎の視線を摑み、すうっと横に逸れた。そこには、浦川夫人にひったくられた葡萄酒の杯がある。

目の前の女は変に緩慢な所作で首を横に振った。その様子を見て、心太郎は女の正体に気付く。ネメシスである。あの蛇体の女神だ。気付くと同時に、心太郎は子どものころからずっと、この銅の皮膚を持つ女に見られていた気がしてくる。

黒い女は、ずるりと下肢を動かした。蛇というよりも、どこか泥鰌《どじょう》や鰻《うなぎ》のように、脚に当たる部分に平たい鰭《ひれ》のようなものがあった。心太郎は声もなく目を見張り、女は金属の——否、やはり水棲の生き物のようなぬるぬるした両手で心太郎の頰を挟んだ。

タ・イ・キョ・セ・イ。

声は出ないが、女の——女神の口は確かに、そう動いた。

太虚精？

口の中で反復して、心太郎は慌《あわ》てて杯に目を戻す。しかし、そこにあるのは、葡萄酒にしか見えない赤い液体だ。

問うように視線を戻したとき、女は消えていた。

代わりに、寝台の向こう側にある鏡が目に飛び込んでくる。暗い部屋の中で、どうしたわけかそこに映る自分の姿が、はっきりと見えた。鏡の中に、心太郎は赤ペンキで塗られた、てらてら光る異様な自分の顔を見た。

6

「心太郎くん、夜会服だよ、夜会服。さっさと、夜会服を着たまえ」

黛が戻ったのは、二日後の夕方である。ひどく慌てて玄関から飛び込んで来ると、わあわあと騒いでいる。夜会服、夜会服と繰り返し、自室に直行した。

心太郎はミネと一緒に廊下に立ち尽くし、茫然《ぼうぜん》と顔を見合わせる。心太郎は姿を見なかったが、ミネが帰って来るところを見たという。黒塗りのフォードが車寄せに横付けされ、血相を変えて玄関から飛び込んで来た黛には、心太郎が危惧《きぐ》したような暴行の痕《あと》は見えなかった。すこぶる健康な様子で、しかし人が変わったように慌てていたという。

「確かに、慌てているけど……」

心太郎がそう云ったとき、黛は絨毯敷《じゅうたんじき》の階段を駆け下りて来た。夜会服、夜会服と騒いでいたとおり、自分でも燕尾《えんび》服《ふく》を着て、しかし急いだせいで散々な姿になっている。

「きみ、さっきから夜会服を着ろと云ってるだろう。急ぎたまえ」

「そ……そんなものが、あるわけないだろう」

唯一の一張羅といったら、亜米利加《アメリカ》のギャングの下《した》っ端《ぱ》が着るみたいな、紫色のダブルのスーツだけだ。しかも、毛織だからこんな暑い季節には着られたものじゃない。

「おにいさまのお下がりの、ほら、タキシードがありましたよ」

ミネは度肝を抜かれたままで、しかし常のとおりの気遣いでそう云った。

「そうそう。そうだね。心太郎くん、すぐにそれを着るのだ」

命令口調が強くなっている。ミネは階段を駆け上り、振り向きざまに「坊ちゃん、タイがひん曲がってますよ。それにカラーが半分、取れてます。それから、ボタンが掛け違いじゃありませんか」と云い捨てた。

＊

ビュイックの運転席で、黛はいきさつを話した。

警察に拘束されたのは、やはり浦川夫人が嘘の証言で訴え出たせいらしい。担当の刑事たちも当惑するしかないどこか高いところからお達しがあり、黛はこれといって取り調べもないまま、留置場に閉じ込められていたという。

「わけがわからない」

「警察のお偉方の中にも、楔の会の会員が居るらしいよ」

やはり、浦川夫人は次男を見限って、とめるより殺してしまうことに決めたらしい。

浦川を襲った殺し屋の一人が、渡辺男爵の養子である。つまり、今、浦川夫人が頼る相手は渡辺男爵——楔の会だ。社会のてっぺんに鎮座する楔の会の面々にかかれば、黛を拘束することくらいお茶の子さいさいというわけだ。

「でも、わけがわからない」

「今夜、浦川の夜会があるんだ」

「おまえ——そんな大事なこと、今まで黙ってたのかよ」

浦川夫人に頼まれて、黛はずいぶんと長い時間を費やして探っていた。心太郎は仕事に関しては一切合切の報告を求められているが、黛の方は心太郎にはほとんど話してこなかった。

「そんなわけで、浦川涙子に逆らうと宣言したぼくを、どこぞに閉じ込めておく必要があったわけだ。楔の会は人殺しまで請け負うらしいから——」

ここで黛は、侮蔑《ぶべつ》的に鼻先で笑う。

「自前で監禁も出来たろうが、それじゃあスマートさを欠くと思ったのかな。結局のところ、そこが甘いよ。ぼくにだって、奥の手がある」

父親である黛邇《ちかし》伯爵に泣きついて、手を回してもらったという。浦川涙子の前では高邁《こうまい》な思想を述べていたが、やはりこんなところはただの坊《ぼっ》ちゃんだと心太郎は思う。

「でも、殴り殺されてなくて、よかったよ」

「なぁに、殺すつもりなら、警察の取り調べより、確実な方法があるじゃないか」

黛は不吉な云い方をした。

「それよりも、ぼくを遠ざけておきたかったからには――」

ジュン子の告別式を中座して以来、浦川は腹心の森とともに行方をくらましている。浦川夫人も――すなわち楔の会の連中も、黛もまた、浦川の居場所を突き止められずにいる。

「あいつがひょっこり顔を出すのが、今夜だというわけだ。殺し屋も動かないはずはない」

到着した先は、意外な場所だった。銀座にある四次元劇場の跡地である。心太郎の父が、事業を傾けてまで執着した都会の廃墟《はいきょ》だ。心太郎が最後の家族を失った場所でもある。

華やかな銀座の夜景の中で、そこだけが名のとおり異次元に通じる黒い穴のように、異様な暗さと静けさをたたえていた。一町ばかり離れた場所に車を停めると、二人はその巨大な暗がりへと足を向けた。

目的地が同じらしい洒落《しゃれ》めかした紳士淑女が、しかしどこか後ろめたいような態度で前を歩いている。向かった先は心太郎も覚えのある通用口だ。そこにはやはり番兵が居たが、告別式のときとは違って、なよなよした若者だった。客と同様に礼装して、薄化粧をほどこした顔が、ひどく艶《なま》めかしい。あの森が居たのならば門前払いを食らったろうが、黛はすました顔をして破れたトランプの札のような物を見せた。どこで手に入れたのか、割符らしい。

薄化粧の若者は、なよめいた様子でそれを持ち上げ吟味する。

「お待ちしていました、さあ、中へ」

細い手が、暗い廊下を指した。

前に居た紳士と淑女は、既にこの通路の先に消えている。

闇《やみ》は、ぽつりぽつりと置かれた蠟燭《ろうそく》で照らされていた。細い燭台《しょくだい》に立てられた、赤い和蠟燭だ。それが、かろうじて視界が利《き》く程度の光を放っている。そんな頼りない灯りでも、足元の汚れたありさまは、はっきり見えた。積もった埃《ほこり》が、磨き立てた靴を汚している。

道なりに劇場の方に進むかと思いきや、反対方向にぽかりと口を開けた階段を降りた。そこは蠟燭ではなく、真紅の笠《かさ》をかぶせた電灯が足元を照らしていた。闇は中途半端に彩色され、地下へ降りて行く者の下半身だけを赤黒く染める。心太郎は、自分が脚だけの妖怪《ようかい》にでもなった気がした。

降りた果てのドアには、今度は見目好《みめよ》い女給が番兵をしていた。髪を島田に結い上げ、芸妓《げいぎ》のように真っ白な化粧をしている。異様なのは女給が身に着けているのが、フリルをふんだんにあしらった白いエプロンだけということだった。

とろんとした目で笑いかけられ、心太郎は面食らった。黛はあたかも勝手知った様子で、割符を差し出す。

「いらあっしゃいませえ」

まだあどけない声を発し、女給は二人を扉の内へと招き入れた。

そこが、浦川夫人が恐れていた夜会の会場だった。四次元劇場だった当時、この地下がどういう空間であったのかは、見当もつかないが、眼前に展開する光景は現実離れして、極めて頽廃《たいはい》的だった。

中央に舞台が置かれ、そこで数人の美少年が乱交を演じていた。飲み物の盆を持って行きかうのは、番兵をしていた娘と同じ姿の女給たちである。着飾った客たちは、この如何《いかが》わしいもてなしに見入る者もあれば、乙に済まして談笑する者もある。

天井が意外なほど低く感じられるのは、さまざまな布を半ば垂らした格好で飾り付けているせいだ。その撓《たわ》んだ錦繍《きんしゅう》を揺らすようにして、胡弓《こきゅう》の音色が流れていた。

そこここに寝椅子《ねいす》やソファが置かれて、そのいずれにも着飾った男女が寝そべっていた。彼等は尺八のような大型のパイプから煙を吸い込んでいる。それらが発するのだろう、香のように芳《かぐわ》しく、同時にひどく胸のむかつく匂《にお》いが空間全体を覆《おお》っていた。

「あの煙草《たばこ》のようなのは、阿片だよ」

「え」

白い乳房を揺らした女給に飲み物を手渡され、心太郎はたじろいだ。見たところ、変哲のないカクテルのようだ。しかし黄泉戸喫《よもつへぐい》ではないが、こんなところで出された物を飲食したら、もう地上には戻れないような気がしてくる。黛の方を見ると、にっこりと笑って受け取り、紫色の蘭《らん》をふんだんに挿した花瓶の中に、知らぬ顔をして捨ててしまった。

真似して杯の中身を捨てようとしたら、波のように行きかう華美な客の向こうに、浦川都加砂の姿を見つけた。心太郎が着ているのによく似たタキシードで装《よそお》い、裸の女給や乱交の美少年たちのように悪目立ちすることもなく、落ち着いて客たちをあしらっている。

浦川が話しかけているのは、やはり正装の男女だったが、彼らはほかの客のように眦《まなじり》を下げたり、阿片に酔った様子もない。まるで商談中のような顔付きで、互いに牽《けん》制《せい》し合って、浦川に向かってはおべっか笑いを向けている。

その中心に居た浦川が、心太郎たちの視線に気付いたようで、客たちを押しのけてこちらに来た。

「しつこいなあ、きみたち」

「こんな罰当《ばちあ》たりなこと、見逃せないからね。なにせ、ぼくの規範は正義だから」

黛が云うと、浦川は心底から侮蔑したような顔をした。そして、今しがたまで自分を囲んでいた連中を目で示す。

「あの人たちはね、先を争ってぼくのパトロンになりたがっているんだよ。ぼくは、この国に桃源郷をつくる。きみたちも、わが愚母も、この大事業を阻止することなんかできないんだ。黛家だろうが、浦川家だろうが、足元にも及ばない資産をぼくは動かすことになる」

「太虚精をエサに、か？」

「だれが、その話をきみに漏らしたんだろう。ふん、大方、ジュン子だろうね」

どうして、あの女のことがあんなに好きだったのだろう。そう云って、浦川は少年たちが淫行《いんこう》を披露していた丸い舞台を指し示す。

舞台は空になって、女給たちがせっせと少年たちの汗やら体液やらを清めていた。香水を撒《ま》き、大量の薔薇《ばら》の花弁を撒き、そして今度は自分たちがそこに寝そべる。顔だけ白い半裸の美女たちは、互いにしなだれかかるように舞台を飾った。

その中に、でっぷりと太った初老の男が進み出た。土足で舞台に上がると、白塗りの美女たちを肉布団《にくぶとん》にして、短い四肢を大の字にくつろげる。

そこに、水煙草の大仰なガラス器を運んできたのは、黄色い顔をした痩《や》せぎすの男だった。浦川の腹心の森である。あちこちで、黄金バットだ、なんて囁《ささや》きが交わされた。

舞台の男がガラスの壺《つぼ》の上に取り付けられたホースを持ち上げ、吸い口をくわえる。

音楽はいつの間にか、胡弓ではなく西洋の楽器に変わっていた。節のない、ただうねるばかりの現代音楽が、空気のごとく鼻腔《びこう》から口から体内に侵入して脳を掻《か》きまわし始める。

浦川は心太郎たちから離れて、低い舞台の前に立った。

「紳士淑女の皆さん。これからとっておきの隠し玉、太虚精の効能をご覧に入れます。この記念すべき夜会で最初の体験者となられるのは、かの冨沢《とみざわ》財閥の冨沢　譲《ゆずる》氏」

恭《うやうや》しく紹介され、太った男は喜色満面で短い両腕を上げた。雰囲気に酔った客たちが拍手喝采《かっさい》を送る。この男がこの世の浄土を体験するのを目《ま》の当《あ》たりにして、客たちは我も我もと浦川に群がる――という首尾か。

そう云おうとして隣を見たら、黛の姿が消えていた。こんなところに一人で捨て置かれるなど、冗談じゃない。慌てて見渡すと、舞台から離れた場所で、黛は上背のある中年男と話をしていた。

渡辺男爵《だんしゃく》である。

どうして、あの男がここに。

そう思ったときだ。

高い悲鳴が上がった。

「大変――だれか――」

舞台を取り囲んだ客たちが、さっと二つに割れた。慌てたせいで躓《つまず》いた婦人が居て、十人ほどが将棋倒しになる。そんなことにはお構いなしに、客たちは我勝ちに逃げ始めた。

その後ろから、あの短軀の初老男が、よろよろと彷徨《さまよ》い出た。冨沢は、目鼻口、そして全身の毛穴から血を噴出させていた。言葉にならぬ苦悶《くもん》の声を長く響かせ、血の跡を引きながらよろりよろりと進み出ると、どうと倒れた。

「助けて――」

舞台上の娘たちは、客と同じく、恐慌《きょうこう》に陥り逃げ出している。

彼らを慌てさせたのは、冨沢を見舞った悲運のせいばかりではなかった。

扉の方から熱い黒煙がなだれ込んでくる。その隙間《すきま》から、炎が見えた。通路を照らしていた蠟燭のことを思い出したとき、強く二の腕を摑まれた。

「こっちだ！」

黛が、炎の迫る扉とは逆方向を指して叫んでいる。四の五の云う余裕もなく、それに従った。

既に客たちが殺到する先――舞台の後方に、目立たないドアがあった。ドア止めはないが、つめかける人たちが次々と手を掛けるので、開きっぱなしになっていた。その先に、正面の階段より一層無粋な鉄製の階段がある。

転ぶ者を押しのけたり踏んづけるようにして、客たちは駆け上った。

その最後の一人を階段の上に押しやって、しんがりとなった心太郎たちも地上へと駆け上る。

心太郎ぉ……。

名を呼ばれた気がして振り返った炎の中に、とぐろを巻いて蠢《うごめ》く蛇体の女神が見えた――？

「心太郎くん――心太郎、早く来い！」

前を行く黛が、怒った声で叫んでいる。

慌てて前を向いた。迫ってくる炎が、人間の手の形をしている。

地上に出てから、ビュイックを停めた場所まで走った。助け上げた人たちの中に、浦川や渡辺男爵の姿がなかったことを、ことさらに云いたてる余裕すらなかった。

＊

夜半の火事は四次元劇場を焼き尽くした。火災の原因もまた、不明である。電気も通っていない無人の廃墟には、火が出る余地などなかったはずだと報道された。

浦川都加砂の背徳の夜会が元凶なのだと申し出るほど、心太郎は正義漢でもない。心太郎はそもそも、この火事の経緯には狐《きつね》に抓《つま》まれたような心地がしている。焼け跡からは、焼死体などは見つからなかった。あの怪《け》しからぬ夜会の招待客たち、女給や少年たち、そして誰より、太虚精に中《あた》り血を噴出して倒れた財閥の冨沢――その全員が生き延びることができたとは思えなかった。

「お蜜柑《みかん》を、召し上がる？」

浦川夫人は、銀幕で見るのと同じ慈母の面持ちで、心太郎たちに微笑《ほほえ》みかけた。その後ろで夏蜜柑の皮を剝いている若い女中は、夜会で番兵をしていた女給に似ている。

長谷川病院の、広い庭に面した東側の一角。特別誂《あつら》えの病室の、いかにも快適そうな寝台に上体を起こして、浦川は宙を向いていた。

その視線は何を見るでもなく、顔には一切の表情がない。さえずるように話しかける母親にも返事を返すことなく、宿敵――あるいは旧友の黛の見舞いに気付いた様子さえない。それは浦川というよりも、浦川都加砂の人形だった。夜会を境に、この男は生き人形になってしまったのである。

ガラスの器に盛られた砂糖がけの夏蜜柑を、黛は黙って――しかしにこにことほほ笑んで、美味《うま》そうに食っている。裸の女給そっくりの女中に手渡され、心太郎は食いたくもないのを我慢して口に入れた。蜜柑の酸《す》っぱさはザリザリした砂糖の甘味と分離したまま、喉の下に落ちて行く。

「都加砂さんは、子どものころからお蜜柑がとても好きだったのよ。こうして、お砂糖をかけて――」

殺すと決めた息子の口元に、浦川夫人は蜜柑を刺したフォークを近付ける。浦川はそれに気付くこともなく、口も開かず、汁気を帯びた砂糖が顎《あご》を伝って落ちた。そんな調子で何も食べないのだろう。最先端の輸液により栄養補給はされているようだが、一見しただけで痩せさらばえている。

「ああ、元気そうでよかった」

黛はそう云うと、心太郎を促して病室を出た。浦川の姿を見て、いったいどの口でそんなことを云うのか。心太郎が目を剝いてみせると、黛の顔から笑みが消えた。

「あれは、太虚精の副作用だと思う」

この男が知人から聞いたという、太虚精の効き方を思い出した。

――太虚精という麻薬は、摂取するものの体質、気質、目下の健康状態や、その他もろもろによって異なる効き方をする。

薬学の先生は、それを福引やロシアンルーレットに例えていた。

「どうして、浦川が太虚精に中《あた》るんだよ……」

云いかけた心太郎は、渡辺男爵が夜会の場に居たことを思い出した。そして、木偶《でく》になり果てた息子を、甲斐《かい》甲斐《がい》しく――否――嬉々《きき》として看病する浦川夫人の慈母ぶりを思い出す。

「浦川は、渡辺男爵をすっかり信用していたんだ。男爵はジュン子さんの告別式にも居たろう。浦川はあの男を、自分のカモだと思っていたようだ。何しろ、楔の会は大物ぞろいだから」

馬鹿《ばか》だね、と黛は冷たく云った。

「騒ぎが起こる前、おまえは渡辺男爵と話していたな」

心太郎は黛の方を見ずに云った。

黛は、それには答えない。

秋の気配が混じり始めた風に顔を向けると、派手な愛車を目で指した。

「すまないが、一人で帰ってくれ。ぼくは、行くところがある」

そっけなく云うと、こちらに背中を向ける。

浦川から正気を奪ったのは、渡辺男爵ということか。つまり、黒影法師だということか。

黒影法師ならば何故《なにゆえ》、他の被害者たちのように、殺してさらしものにしないのか。あるいは、正義を標榜《ひょうぼう》する黛と、命ばかりは助けてやるという密約でも交わしたのか？

しかし、それは正義なのか。

エピローグ

品川の屋敷に行くと、前と同じくサンルームに通された。

先に立って案内する使用人の後ろを、黛は仏頂面《ぶっちょうづら》で歩いている。伯爵家《はくしゃくけ》の者とはいえ、爵位を継ぐこともない次男ふぜい、わざわざ客間でもてなすこともない、という意味だろうか。まったく面白くない気分だったので、この男にしては珍しく、いじけたことを考えた。

温室もかくやと陽光の射《さ》す空間は、模様替えをしたようで、前回の訪問とは趣きが違っていた。別珍のソファは片付けられ、籐《とう》の椅子《いす》に小柄で肥満体の中年男がふんぞり返っている。夜会で太虚精の被害者を演じてみせた、冨沢譲である。血まみれになって悶《もん》絶《ぜっ》したはずの冨沢は、満足そうな笑顔で赤い葡萄酒《ぶどうしゅ》の杯を携えていた。

「冨沢さん、陽も高いうちからご機嫌ですね」

「きみもやりなさいよ。悪漢を退治した、祝杯だよ」

細くなった目が、さっと黛の背後を見る。この家の主《あるじ》は、気配もなく現れた。

「大佐、先にやらせていただいてますよ」

冨沢はやはり上機嫌でガラスの杯を掲げ、そして飲み干した。

「ほどほどにしておかないと、体に毒だぞ」

「毒といっても、太虚精ほどの毒ではあるまい」

冨沢は悪趣味なことを云い、渡辺男爵はくつくつと笑った。

「ご無事でなによりだが、いったいどんなカラクリで？」

黛が訊《き》いた。

「カラクリも何もない。尋常小学校の学芸会では、これでも主役の金太郎を演じたのだよ。シネマスターになるのも悪くはなかったが、あいにくと商才がありすぎてね」

夜会での災難は芝居であり、そもそもが渡辺男爵と談合した上のことだという。さしずめ、この男も楔《くさび》の会の一党か。そう問うと、冨沢は得意げに首肯した。

「望くん、外の風にでも当たらないかね」

渡辺男爵が仏蘭西窓《フランスまど》に歩み寄ると、それまで全く存在が隠れていた男が、芝居の黒子のように奔《はし》り寄って窓を開けた。高級だが野暮な背広を着た中年男である。それを見て、冨沢が、笑い声をあげた。

「後村さん。あんたももう議員先生なんだから、下働きみたいな真似《まね》はよしなさいよ」

「は……ははは」

愛想笑いする顔が、異相だ。両目の下に、左右対称に描いたみたいなほくろがある。笑う両目の流す黒い涙のようにも見えて、どこやら妖怪変化《ようかいへんげ》じみている。

渡辺男爵はそんなことなど無視して庭に出た。後ろに従う黛に、振り向きもせずに話しかけてくる。

「都加砂くんの、父親殺しの件、どこまで知っているんだね？」

「最初の細君を殺害したことを父上に責められ、浦川はその口を封じた。妻と父親に対して、実際に手を下したのは、後妻となる一色沙織嬢。しかし、沙織さんは結婚後に自死している。最初の妻、二番目の妻はいずれも少なからぬ遺産を浦川に残した。――そんなところでしょうか。しかし、犯行を糾弾できるだけの証拠は見つかっていません」

「黒影法師が制裁を下すには、充分だよ。きみの humanism にほだされて中途半端《ちゅうとはんぱ》な仕儀となったが、如何《いかん》せん、涙子さんが満足しているからね。親とは憐《あわ》れなものなのだよ。不肖の子でも悪魔でも、生まれてしまったものは愛《いとお》しいのだ」

渡辺男爵の声は、満ち足りていた。

「それに、わたしはきみの正義を高く買っている。われわれの目指すものは同じなのだからね。いや、きみは首を縦には振るまいが、わたしには多くの同志が居る。これは、楔の会に正義ありと認める者の数だとは思わないかな」

「太虚精の毒は、ロシアンルーレットであり、福引のようでもあるとか。浦川が、この先どんな状態になるかは、だれにもわかりません」

「彼がもし正気を取り戻したら、今度こそ女神は許すまい」

女神とは、この男が奉ずる蛇体の女の像——それに託された勘違いによる全能感。この男を殺し、顔を赤く塗り、衆目にさらしたら、さぞや痛快だろう。黛はそんなことを思い、すぐさまそう思ったことを恥じた。

「そしたら、ぼくは今度こそ一切の妥協をせずに、あなたを糾弾することになるでしょう。毒をもって毒を制すというのは、ぼくの流儀ではないのです」

わたしが毒なのかねと云って、男爵は挑発的にほほ笑んだ。「ところで」と、黛は庭の際《きわ》にある大樹を見上げた。レース細工の雲が、梢《こずえ》の彼方《かなた》を飾っていた。

「一つ、わからないことがあるのです。牧野求助氏は、だれに殺されたのか」

「犯人は、義理の息子の仕業ではなかったのかね？　徹くんの逮捕には、きみも一役買ったのだろう？」

嗤《わら》いは、邪気を増す。

「あの時点で、被害者の顔をペンキで塗る連続殺人は、起こっていませんからね」

「解けない謎《なぞ》というわけだ。探偵の腕の見せ所ではないか」

男爵は門に通じる小道を目で示し、黛に辞去を促した。

本書は新潮文庫のために書き下ろされた。

新潮文庫最新刊

結城真一郎著
名もなき星の哀歌
新潮ミステリー大賞受賞
記憶を取引する店で働く青年二人が、謎の歌姫と出会った。謎が謎をよぶ予測不能の展開の果てに美しくも残酷な真相が浮かび上がる。

堀川アサコ著
伯爵と成金
―帝都マユズミ探偵研究所―
伯爵家の次男かつ探偵の黛《まゆずみ》 望《のぞみ》と、成金のどら息子かつ助手の牧野心太郎が、昭和初期の耽美と退廃が匂い立つ妖しき四つの謎に挑む。

福岡伸一著
ナチュラリスト
―生命を愛《め》でる人―
常に変化を続け、一見無秩序に見える自然。その本質を丹念に探究し、先達たちを訪ね歩き、根源へとやさしく導く生物学講義録！

梨木香歩著
鳥と雲と薬草袋／風と双眼鏡、膝掛け毛布
土地の名まえにはいつも物語がある。地形や植物、文化や歴史、暮らす人々の息遣い……。旅した地名が喚起する思いをつづる名随筆集。

企画・デザイン
大貫卓也
マイブック
―２０２２年の記録―
これは日付と曜日が入っているだけの真っ白い本。著者は「あなた」。２０２２年の出来事を綴り、オリジナルの一冊を作りませんか？

窪美澄著
トリニティ
織田作之助賞受賞
ライターの登紀子、イラストレーターの妙子、専業主婦の鈴子。三者三様の女たちの愛と苦悩、そして受けつがれる希望を描く長編小説。

デザイン　川谷康久（川谷デザイン）

伯《はく》爵《しやく》と成《なり》金《きん》

―帝都マユズミ探偵研究所―

新潮文庫　ほ－21－26

令和三年十月一日発行

著者　堀《ほり》川《かわ》アサコ

発行者　佐藤隆信

発行所　株式会社新潮社

郵便番号　一六二―八七一一
東京都新宿区矢来町七一
電話　編集部(〇三)三二六六―五四四〇
　　　読者係(〇三)三二六六―五一一一
https://www.shinchosha.co.jp

価格はカバーに表示してあります。

印刷・錦明印刷株式会社　製本・錦明印刷株式会社

ISBN978-4-10-180225-1 C0193